1

– Alors, avez-vous fini d'arranger ma robe? demanda Charlotte d'une voix irritée, en faisant brusquement irruption dans la pièce.

Sa cousine Melinda, une robe de taffetas rose abandonnée sur ses genoux, tressaillit, surprise dans sa contemplation du soleil couchant.

– Oui, j'ai presque terminé, Charlotte. Je n'ai pas eu beaucoup de temps...

– Naturellement! Vous êtes toujours occupée du côté des écuries, à soigner votre cheval! Je vous préviens! Si vous continuez, je le dirai à papa! Nous verrons s'il trouve normal que vous négligiez ainsi votre tâche à la maison!

– Non, Charlotte! Vous ne serez pas aussi méchante!

– Oh! Quel toupet! Il me semble qu'on vous traite plutôt bien, ici! Hier encore, Sarah Orvington me parlait d'une cousine sans fortune que ses parents ont recueillie. Jamais elle n'assiste aux repas, et en voiture, Sarah la fait asseoir en face d'elle, le dos aux chevaux. Moi, je vous permets toujours de prendre place auprès de moi, n'est-ce pas?

Melinda, un instant irritée, recouvra son calme :

– C'est vrai, Charlotte, vous êtes bonne pour moi. Je suis désolée, pour votre robe, mais Ted m'a fait dire que Flash refusait sa nourriture. Pourtant, quand je suis près de lui, il mange de bon appétit.

– Vous traitez ce cheval en dépit du bon sens! Je me demande pourquoi papa lui a donné une stalle dans nos écuries, alors que nous manquons de place!

– Charlotte, je vous en prie, n'en parlez pas à oncle Hector! Je ferai ce que vous voudrez, je passerai la nuit s'il le faut pour arranger votre toilette. Mais ne suggérez pas à votre père que ce pauvre Flash est encombrant!

Les yeux bleus de Melinda brillaient de larmes et sa voix tremblante trahissait la profondeur de son chagrin. Charlotte s'adoucit :

– Allons, pardonnez-moi, Melinda. Je suis odieuse parce que papa vient de me gronder.

– Mon Dieu! Mais pourquoi donc?

– A cause de vous!

– De moi? répéta Melinda, étonnée.

– Parfaitement! « Pourquoi avez-vous cette apparence négligée? s'écria Charlotte en imitant la voix paternelle. Votre cousine est toujours nette et soignée, elle! Et votre robe! Vraiment, ma fille, quelle allure! Alors que Melinda trouve toujours le moyen de paraître élégante, même dans une robe défraîchie! »

– Non! Je ne peux pas croire qu'oncle Hector ait pu parler ainsi! protesta Melinda.

– Si...! Comme je vous le dis; et le pire, c'est que maman en fait autant. Pourtant, vous n'ignorez guère qu'elle ne vous aime pas beaucoup!

– Oui, je le sais, en effet! soupira Melinda. Je fais pourtant tout mon possible pour plaire à tante Margaret. Mais je ne dois pas savoir m'y prendre.

– Il s'agit bien de cela, Melinda! Je ne suis pas assez sotte pour ne pas avoir deviné ce qu'elle

Barbara Cartland

Où vas-tu Melinda?

traduit de l'anglais par Catherine AUDIÈRES

Éditions J'ai lu

Ce roman a paru sous le titre original :

THE ENCHANTING EVIL

pense. Vous êtes beaucoup trop jolie! Maman estime que je ne me marierai jamais, tant que vous serez près de moi. Quand des jeunes gens viennent à la maison, ils n'ont d'yeux que pour vous!

– Allons, Charlotte! s'exclama Melinda en riant. Vous m'avez confié vous-même que le capitaine Parry ne vous a pas quittée, pendant la dernière garden-party!

– C'est qu'il ne vous a pas encore vue! dit Charlotte avec simplicité.

Elle saisit la main de sa cousine et la mena devant un miroir :

– Prenez garde à votre robe! gémit Melinda en voyant le taffetas rose glisser sur le tapis.

Charlotte montra d'un geste à sa cousine leur double reflet :

– Comprenez-vous maintenant?

Des jeunes filles l'une, Charlotte, solidement charpentée, montrait une tendance précoce à l'embonpoint. Elle devait à son goût immodéré pour les sucreries un teint terne et brouillé. Ses cheveux bruns, très frisés, résistaient à tous les brossages et une expression boudeuse abîmait ses traits, pourtant réguliers. Tout cela justifiait qu'elle puisse, parfois, éprouver de la jalousie à l'égard de sa cousine.

Melinda était une jeune fille gracieuse, menue, fine et élancée, à la démarche légère. Ses yeux bleus, frangés de longs cils noirs, éclairaient un ravissant visage à l'expression spirituelle. Ses sourcils, sombres également, formaient un contraste piquant avec sa chevelure blonde aux boucles souples.

– Vous voyez? conclut Charlotte, d'une voix pleine de larmes contenues.

– Ma mère affirmait que les comparaisons étaient aussi odieuses que trompeuses, fit Melinda en se détournant. A chacun ses qualités, son charme, ses chances. Vous êtes beaucoup plus douée que moi pour les langues étrangères. Et vos aquarelles...

– Je me moque de mes aquarelles!

Melinda alla ramasser la robe qui gisait sur le tapis.

– J'en ai pour cinq minutes! Vous serez resplendissante, ce soir, au dîner de lady Withering. Le capitaine Parry y sera sans doute, n'est-ce pas? Pour ma part, je n'ai pas été invitée.

– Détrompez-vous! Maman a répondu que vous seriez absente, ce soir.

Melinda fronça les sourcils mais elle se domina et répondit :

– Tante Margaret a eu raison. Je n'ai pas de toilette appropriée.

– Pourquoi ne pas demander à papa de vous acheter une robe du soir?

– Je suis encore en deuil.

– Non, rectifia Charlotte, loyale. Le temps de votre deuil est passé à présent; mais maman vous oblige à porter du gris et du mauve car elle a peur que vous soyez plus séduisante encore dans des toilettes claires. Personne, alors, ne me regarderait plus!

– Charlotte, ne parlez pas ainsi! Je ne fais rien pour attirer l'attention, vous le savez!

– Voilà bien le pire! Vous ne faites rien, c'est vrai, et l'on vous remarque quand même! Moi, je sais bien que je devrais me mettre à la diète, mais j'aime trop les gâteaux! Et puis, tous ces efforts pour attirer un homme valent-ils vraiment la peine?... Pourtant, si l'on veut se marier...

– Pour ma part, déclara Melinda en souriant, je crois que je ne me marierai jamais! Qui pourrait vouloir d'une fille sans fortune, sans un sou en poche? Tante Margaret me le répète assez...

– Vraiment, je ne comprends pas l'insouciance de vos parents! fit Charlotte, en prenant le ton de sa mère. Comment viviez-vous donc, avant cet accident de voiture?

– Tout était facile, il me semble, dans cette maison, ce jardin, avec les domestiques que je connaissais depuis ma naissance... Je n'imaginais pas que nous puissions avoir des difficultés d'argent! Mon pauvre cher papa ne se souciait guère de payer ses dettes, je le vois aujourd'hui.

– Je me souviens que mes parents se sont montrés très choqués, quand papa a appris qu'il ne vous restait rien, après la vente de votre domaine. C'est alors qu'il a décidé de vous faire venir chez nous. « Personne d'autre ne peut se charger de cette enfant! » a-t-il déclaré.

– J'aurais dû me montrer plus ferme, et chercher un emploi de gouvernante ou de demoiselle de compagnie! soupira Melinda.

– Non, papa ne l'aurait pas permis car tout le voisinage l'en aurait blâmé. Il est très sensible à l'opinion de ses voisins. Après tout, vous êtes sa seule nièce. Le malheur, Melinda, c'est que vous soyez aussi jolie!

– Pas tant que cela! Je suis seulement plus mince que vous, Charlotte, et avec de la volonté...

– Allons donc! Vous êtes ravissante! Savez-vous ce que lord Orvington a déclaré, l'autre soir?

– Non! fit Melinda, penchée sur son ouvrage. A-t-il parlé de moi?

– Il ne savait pas que je pouvais l'entendre et il a dit au colonel Gillingham : « La nièce d'Hector devient une vraie beauté! S'il ne la surveille pas, cela risque de lui créer beaucoup d'ennuis. »

– Oh!

– Je vous assure! Ce sont ses propres paroles. Je ne voulais pas vous les répéter, d'ailleurs!

– Qu'a répondu le colonel Gillingham? s'inquiéta Melinda. Cet homme me fait peur : la dernière fois qu'il est venu dîner, il n'a pas cessé de m'observer. J'en avais le frisson! Quel homme diabolique!

– Vous exagérez! protesta Charlotte. Ce n'est qu'un vieil ami de papa, ennuyeux comme un autre! Ils chassent ensemble, bavardent des heures dans le fumoir, le soir, au grand déplaisir de maman... Voilà tout!

– Je ne l'aime pas, s'obstina Melinda. Mais vous ne m'avez pas dit ce qu'il a répondu à lord Orvington?

– Je ne suis pas très sûre d'avoir bien entendu... Quelque chose comme : « C'est mon avis. Voilà une pouliche pleine de tempérament! »

– Comment? s'écria Melinda, rouge de colère. Il a osé parler de moi en ces termes?

– Ne vous fâchez pas, Melinda. Moi, j'aimerais tant entendre des compliments sur ma personne quelle que soit la tournure!

– Ce sera le cas ce soir. Tenez, essayez votre robe, j'ai fini. Elle vous ira à ravir.

– Maman affirme que le rose me sied... reconnut Charlotte. (Elle réfléchit un instant et ajouta, rêveuse :) Je me demande si le capitaine Parry aime le rose...

– Sur vous, sans nul doute!

– Je le souhaite... Au fond, Melinda, je pense qu'il vaut mieux que vous ne veniez pas à ce bal.

Melinda n'eut pas le loisir de répondre car on frappa à la porte, et la plus jeune des femmes de chambre entra, essoufflée et la mèche en bataille.

– Sir Hector attend miss Melinda dans la bibliothèque, tout de suite!

Les deux cousines, consternées, se regardèrent :

– Qu'ai-je fait de mal? murmura Melinda. Charlotte, dites-moi la vérité, avez-vous parlé de Flash à votre père?

– Mais non! Bien sûr que non! J'étais de mauvaise humeur et je voulais vous taquiner, voilà tout. Je n'ai rien dit à papa, je vous le jure!

– Alors, pourquoi veut-il me parler, à cette heure? C'est étrange. 6 heures.

– Il est temps que j'aille m'habiller pour cette réception, reprit Charlotte. Venez me raconter ensuite de quoi il s'agit, Melinda. J'espère que cela ne me concerne pas!

Melinda ne répondit rien. Pâle, angoissée, elle descendit les escaliers, gracieuse malgré tout dans sa pauvre robe grise que ne faisait bouffer aucune crinoline, en dépit des exigences de la mode.

Elle marqua une pause devant la porte de la bibliothèque, la main sur la poignée, soupira profondément puis, très droite, son petit menton en bataille, elle essaya de dominer sa frayeur.

– Vous m'avez demandée, oncle Hector?

Sa jeune voix, frêle et pure, se perdit dans l'immense pièce imposante, tapissée de livres et encombrée d'un lourd mobilier.

Sir Hector Stanyon était assis à son bureau et écrivait.

Il se leva en voyant sa nièce, fit quelques pas vers la cheminée et resta là, debout, le dos tourné au foyer, dans une pose familière.

C'était un homme de cinquante-cinq ans, bâti en force, avec une chevelure brune, drue et vigoureuse qui commençait à peine à grisonner. Sa voix puissante, au timbre grave, fit légèrement vibrer le cristal du lustre quand il répondit :

– Approchez, Melinda. J'ai à vous parler.

Melinda ferma la porte et avança dans la pièce. Elle s'arrêta devant son oncle et leva les yeux vers lui, tenant ses mains étroitement jointes pour dissimuler leur tremblement.

– Quel âge avez-vous, Melinda?

– Dix-huit ans, oncle Hector.

– Et vous vivez ici depuis près d'un an.

– Oui, oncle Hector, c'est exact. Après la mort de papa et de maman, vous avez eu la bonté de m'accueillir...

– Je l'ai parfois regretté, je ne vous le cache pas, répliqua sir Hector. Il m'est arrivé de penser que c'était une erreur. Vous n'êtes pas exactement la compagne rêvée pour Charlotte.

– J'en suis désolée, oncle Hector... Je l'aime de tout mon cœur et je crois qu'elle m'aime aussi.

– Vous lui donnez de mauvais exemples! accusa sir Hector. Hier, elle a osé me répondre. Jamais elle ne l'aurait fait auparavant. C'est votre influence, Melinda. Vous avez beaucoup trop d'esprit, jeune impertinente.

– Je m'efforce pourtant d'être aussi... modeste que possible, balbutia Melinda en cherchant le mot juste.

– Eh bien, j'ai le regret de vous le dire, vous n'y réussissez pas!

– J'aurais tant voulu vous plaire, à vous et à tante Margaret...

– Et vous pouvez le souhaiter! Oui, en effet! Vous rendez-vous compte que mon malheureux frère, dans son insouciance, vous a laissée sans fortune? Parfaitement, sans un sou! La vente de la maison a à peine couvert ses dettes!

– Je le sais...

Combien de fois avait-elle entendu ces paroles! Melinda aurait voulu défier son oncle, lui affirmer que plus tard, de n'importe quelle façon, elle parviendrait à le rembourser, à lui rendre tout ce qu'il avait pu dépenser pour son entretien! Mais elle ne pouvait prendre un tel risque. Sir Hector était un homme violent, parfois même brutal.

Melinda baissa la tête et murmura quelques mots de gratitude. Sir Hector pérorait toujours :

– Je ne blâme pas seulement mon frère! Votre mère s'est montrée incapable d'exercer sur lui une influence heureuse! Certes, elle était la petite-fille d'un duc mais tous ces Welchester sont orgueilleux, indisciplinés. Ils ont besoin d'être dressés. Comme vous, Melinda!

– Oui, oncle Hector...

Ce discours allait-il durer longtemps? Ce n'était pas le premier de ce genre qu'elle supportait depuis son arrivée.

Quand son oncle l'avait ramenée chez lui, Melinda avait cru qu'on la traiterait comme une égale. Mais elle avait appris à demeurer à sa place. Une parente pauvre n'avait aucun droit, pas même celui de conserver sa fierté. Il fallait s'excuser sans cesse, remercier, s'effacer, dissimuler ses pensées, cacher sa peine.

– Je sais que vous avez été très bon, oncle Hector... se força-t-elle à ajouter.

– J'ai d'excellentes nouvelles pour vous, Melinda. Vous avez bien de la chance. Beaucoup, beaucoup de chance!

Comme il semblait attendre une réponse, Melinda murmura :

– Oui, bien sûr, oncle Hector. Et je vous en suis très reconnaissante!

– Attendez donc! Vous ignorez pourquoi vous devez me remercier! Il s'agit d'un événement très heureux, pour une personne dans votre position. (Il marqua une pause et annonça d'une voix tonnante :) On vous a demandée en mariage!

– Moi? fit Melinda, stupéfaite.

– Vous ne vous y attendiez pas, bien entendu! A la vérité, moi non plus!

Melinda, au comble de la confusion, passa en revue dans son esprit les rares jeunes gens qu'elle avait rencontrés au cours des dernières semaines. Pendant son grand deuil, sa tante ne lui avait pas permis de sortir. Pourvu qu'il ne s'agisse pas du capitaine Parry! Non, elle l'avait à peine entrevu. Charlotte en était éprise, et lui-même avait paru la distinguer...

– Vous semblez surprise, Melinda, et même troublée? C'est normal... Si vous aviez pu vous intéresser à un homme qui ne m'aurait pas adressé sa demande, je serais très en colère. Beaucoup de jeunes filles, de nos jours, encouragent les messieurs à leur faire la cour, avant d'en avoir l'autorisation paternelle. Voilà une chose que je ne tolérerai pas dans ma maison!

– Non, bien sûr! Mais je vous affirme, oncle Hector, que je n'ai pas la moindre idée de la personne dont vous parlez!

– Alors, laissez-moi vous répéter que vous avez beaucoup de chance! Mais je ne veux pas vous faire attendre plus longtemps. Le gentleman qui vous fait le grand honneur de demander votre main est le colonel Randolph Gillingham. Et...

– Je ne peux pas épouser le colonel Gillingham! s'écria Melinda en l'interrompant.

– Ah! Vraiment? Vous ne pouvez pas? Pourquoi?

– Parce que... Parce que... Il est si... si vieux! bégaya Melinda.

Un silence pesant tomba, puis sir Hector reprit, glacial :

– Sachez que le colonel Gillingham a le même âge que moi, et je ne me considère pas comme un vieillard!

– Je ne voulais pas dire... protesta Melinda, affolée. Mais... pour moi, il me semble trop âgé pour un mari. N'êtes-vous pas mon oncle...

– J'ai toujours dit, Melinda, que vous aviez besoin d'être dressée par une main de fer, un homme capable de vous dominer, de vous discipliner.

– Je ne veux pas l'épouser! répéta-t-elle.

– Pour qui vous prenez-vous? Le colonel Gillingham est un homme riche et considéré. Pour ma part, je ne comprends pas pourquoi il veut vous faire l'honneur de vous donner son nom. Vous devriez en remercier Dieu à genoux! Petite sotte!

– Oui, je le reconnais, c'est très généreux de sa part, reprit Melinda pour amadouer son oncle... Mais je ne peux pas l'épouser! Oncle Hector, je vous en prie, exprimez au colonel ma gratitude, dites-lui combien je suis sensible à l'honneur qu'il me fait, mais aussi que je préfère décliner son offre.

– Vraiment! Vous croyez que je vais lui transmettre une pareille réponse?

La voix de sir Hector était si menaçante qu'en d'autres circonstances Melinda en aurait été épouvantée. Mais cette fois, elle fit face :

– Je suis navrée, mon oncle, mais voilà ma seule réponse. Papa m'a toujours dit qu'il ne m'obligerait jamais à épouser un homme que je n'aime pas.

– Eh bien, votre père était un fou! Ainsi, en 1856, les jeunes filles s'estiment en droit de braver l'autorité parentale! Mais pas dans ma maison! Vous m'entendez? Pas chez moi! Les jeunes filles convenables épousent ceux que leurs parents ont choisis pour elles. Vous n'avez plus de père et je suis responsable de votre avenir. Ma décision est prise et elle est inébranlable.

– Je n'épouserai pas le colonel Gillingham, mon oncle, repartit Melinda avec fermeté. Il ne me plaît pas du tout. Quelque chose, en lui, m'effraie et me repousse, avoua-t-elle à mi-voix.

– Vous n'êtes qu'une impertinente! Comment osez-vous parler ainsi de l'un de mes amis? Vous êtes arrivée ici sans un sou et refusez maintenant d'épouser l'un des hommes les plus riches du comté? Je ne veux même pas en discuter. Votre tante, dans sa bonté, organisera ici la réception du mariage. A présent, sortez! L'incident est clos, conclut sir Hector.

Melinda, livide, réussit cependant à reprendre d'une voix ferme :

– Je suis fâchée de vous mettre en colère, oncle Hector. Mais si vous déclarez au colonel Gillingham que j'accepte de l'épouser, vous vous trouverez dans une situation fausse. Même si vous me traîniez de force à l'église, je refuserais mon consentement.

A ces mots, sir Hector poussa un cri de rage :

– Comment osez-vous? Vous refusez un homme que beaucoup de jeunes filles seraient heureuses et fières d'épouser! Vous m'obéirez! Voulez-vous donc me faire passer pour un imbécile aux yeux de l'un de mes meilleurs amis? L'annonce du mariage paraîtra après-demain dans la « Gazette » et dans le « Morning Post »!

– Même si vous le faisiez annoncer dans tout le pays, je n'épouserais pas le colonel Gillingham! Je le déteste et ne l'épouserai pas, quoi que vous puissiez me faire! lança Melinda.

– Nous allons voir! gronda sir Hector.

Il était ivre de rage, en proie à l'une de ces colères qui faisaient trembler sa femme et toute sa maisonnée. Cramoisi, les sourcils froncés, il respirait avec difficulté.

– Vous m'obéirez! hurla-t-il avec un rugissement de fauve. Personne ne m'a jamais résisté, et surtout pas une gamine que j'ai recueillie chez moi, une pauvresse! Vous l'épouserez!

– Non! Je ne me marierai jamais avec un homme que je n'aime pas! fit Melinda en haussant le ton pour se faire entendre.

Elle osait élever la voix! Sir Hector perdit tout contrôle : il saisit le fouet à chiens jeté sur une table et en cingla les épaules de Melinda si fort qu'elle vacilla. Mais elle se rattrapa et cria encore :

– Je ne l'épouserai pas! Non! Non! Non!

Alors, sir Hector, tel un dément, l'empoigna par le bras, la jeta sur le divan et se mit à lui fouetter les épaules et le dos.

Malgré la douleur, Melinda criait toujours :

– Non! Non!

– Vous l'épouserez, ou je vous tuerai, hurlait sir Hector, en brandissant son fouet.

Au bout d'un moment, il se rendit compte que Melinda ne réagissait plus et gisait, inerte, en travers du divan.

Sir Hector prit peur et jeta son fouet :

– Levez-vous! Vous l'avez bien cherchée, cette correction!

Melinda ne bougea pas. Il se pencha pour la soulever et l'allonger sur les coussins. La petite, toujours inconsciente, ne pesait rien dans ses bras et sa tête blonde retomba sur le divan.

– Melinda! Oh! La sotte créature! Je souhaite bien du plaisir à Randolph pour la dresser!

Sir Hector alla se verser un verre de cognac. Puis il prit une carafe d'eau et en inonda le visage de sa nièce. Un moment encore, la jeune fille resta immobile; enfin ses paupières frémirent. Sir Hector en fut soulagé, mais il n'en montra rien.

– Levez-vous! ordonna-t-il rudement. Retournez dans votre chambre et restez-y jusqu'à demain. Vous serez privée de dîner, et si vous refusez la demande du colonel Gillingham quand il vous rendra visite, je vous battrai encore, moi, autant qu'il le faudra car vous en avez besoin. Je ne supporte pas qu'on me désobéisse. Sortez, et n'allez pas vous plaindre à votre tante. Vous ne trouverez d'ailleurs aucun réconfort auprès d'elle.

Il lui tourna le dos pour se verser un nouveau verre d'alcool, de l'air d'un homme qui a bien mérité un remontant.

Melinda parvint à se remettre sur ses pieds, puis gagna la porte en titubant. Elle marcha lentement dans le hall désert, comme une somnambule, et atteignit l'escalier.

Elle en gravit les marches une à une, au prix d'un grand effort de volonté. A chaque pas, elle sentait le sol se dérober sous ses pieds. Quand enfin elle fut dans sa chambre, elle n'eut que le temps de fermer sa porte à clé, avant de perdre conscience.

Melinda demeura longtemps sur le sol, sans bouger. Lorsqu'enfin elle ouvrit les yeux, l'humiliation d'avoir subi un tel traitement la fit souffrir autant que les coups.

Elle se relevait péniblement, quand on frappa à la porte :

– Qui est là? demanda-t-elle d'une voix faible.

– C'est moi, Lucy, miss... répondit la femme de chambre qui venait sans doute préparer son lit pour la nuit.

– Je n'ai pas besoin de vous, Lucy. Merci!

– Très bien, miss!

Les pas de Lucy s'éloignèrent. Alors, Melinda alluma d'une main tremblante les bougies, sur la table de toilette. Elle contempla longuement dans le miroir son petit visage livide, strié de larmes, avec ses yeux cernés de noir, et sa chevelure en désordre. Elle se retourna pour regarder l'état de son dos : sa robe était déchirée et zébrée de raies sanglantes, là où le fouet avait cruellement mordu sa peau.

Lentement, Melinda entreprit de se déshabiller. L'opération fut longue et douloureuse. A chaque geste qu'elle faisait, elle retenait un cri de douleur. Ses vêtements collaient à sa chair meurtrie et elle manqua plus d'une fois s'évanouir. Mais sa volonté eut raison de la souffrance.

Melinda s'enveloppa dans une vieille robe de chambre en flanelle et s'assit devant sa coiffeuse. Les paroles de son oncle résonnaient encore à ses oreilles :

« Vous serez privée de dîner et si vous refusez ce mariage, je vous battrai encore. Autant qu'il le faudra... »

« Il a dû souvent désirer me fouetter, depuis un an, comme il corrige ses chiens et ses chevaux quand ils lui résistent », songea Melinda.

Sir Hector était un homme brutal, incapable de se maîtriser, et sans doute n'avait-il jamais éprouvé une pareille colère, avant ce soir-là. Il ne pourrait admettre que l'on pût dire dans le comté que sir Hector n'était pas maître chez lui.

– Je n'épouserai pas le colonel Gillingham! Non! Jamais...

Mais le murmure révolté de Melinda se brisa; les larmes ruisselèrent sur son visage et les sanglots secouèrent son corps meurtri.

– Oh! Papa! Maman! Comment peut-il m'arriver une chose pareille? Nous étions si heureux... si heureux... avant que vous ne me quittiez! Que vais-je devenir?

Les larmes l'aveuglaient et sa voix se tarit. Alors, la réponse, claire, précise, s'imposa à son esprit. Sans se demander si elle allait agir bien ou mal, sans songer aux risques à prendre, Melinda eut la certitude d'avoir reçu un message.

Elle se leva en ravalant ses larmes et sortit de sa garde-robe un petit sac de voyage qu'elle remplit de peu d'effets car, vu son état d'épuisement, elle se savait incapable de porter un lourd bagage.

Puis elle passa une chemise et un jupon soigneusement repassés, sa robe du dimanche en coton bleu lavande, garnie d'un col et de manchettes blancs. Elle coiffa l'austère bonnet que tante Margaret avait choisi pour elle sous prétexte de son deuil et déposa enfin sur son sac, pour le mettre au dernier moment, un châle qui lui venait de sa mère.

Il était plus tard qu'elle ne l'aurait cru : la grande horloge, dans le hall, venait de sonner 2 heures. Melinda chercha sa bourse qui ne contenait que très peu d'argent; seulement quelques pièces qu'elle avait pu économiser sur la maigre pension allouée par son oncle et qu'elle utilisait pour la quête à l'église, et d'autres infimes dépenses.

Melinda semblait suivre à présent l'application d'un plan longuement étudié. Elle ouvrit un tiroir et y prit un coffret recouvert de velours qui contenait une petite broche ornée d'un diamant, rescapée de la vente générale des biens de sa famille. Ce bijou, en effet, lui venait d'une aïeule et lui appartenait en propre. Melinda connaissait la valeur du diamant, d'une eau très pure.

Elle se glissa hors de sa chambre, l'écrin sous son bras, et avança dans le couloir, aussi silencieusement que possible. A chaque craquement du parquet elle s'arrêtait, le cœur battant. Mais seules les pulsations de l'horloge, en bas dans le hall, résonnaient dans la maison.

La chambre de sir Hector et son épouse se trouvait près du boudoir de lady Stanyon. Melinda connaissait bien la pièce attitrée de sa tante et, malgré l'obscurité, elle y entra et se dirigea vers une fenêtre. Elle écarta un rideau, et un rayon de lune vint effleurer le secrétaire de lady Stanyon, un meuble français très élégant, de style Louis XV.

Souvent, Melinda avait aidé sa tante à régler les factures de la femme de charge, ou les salaires des servantes. Elle ouvrit un tiroir, prit les pièces d'or qui s'y trouvaient, une dizaine de guinées, et déposa sa broche à leur place. Certes, son oncle ne manquerait pas de la traiter de voleuse. La jeune fille savait qu'en vendant le bijou, sa tante récupérerait une plus forte somme encore.

Alors, Melinda quitta le boudoir et referma la porte avec d'infinies précautions. Son dos la faisait cruellement souffrir mais ce n'était ni le lieu ni l'heure de s'en soucier. Il lui fallait fuir, tout de suite.

Melinda glissa les guinées dans sa bourse, accorda un dernier regard à sa petite chambre et souffla les bougies. Dans l'obscurité, elle ferma les yeux :

« Papa, maman. Venez-moi en aide! pria-t-elle. J'ai peur de partir ainsi, mais je crains encore plus de rester. Je n'ai pas le choix... »

Sur la cheminée, inlassable, la pendule rythmait le temps qui fuyait. Alors, Melinda saisit son sac et, sans bruit, gagna l'escalier de service qui menait à la porte de la cuisine.

2

Un pâle rayon de lune éclairait le sentier que Melinda suivit jusqu'aux grilles fermées pour la nuit. Cependant, un petit portail, près de la loge, n'était pas verrouillé et Melinda le franchit avec précaution. Elle redoutait d'éveiller le portier, qui aurait été surpris d'entendre quelqu'un sortir à cette heure.

Melinda prit le chemin menant à la route, où elle s'engagea d'un pas chancelant. Son dos la faisait tellement souffrir qu'elle portait à grand-peine son léger bagage.

Une faible lueur monta à l'horizon. L'aube était proche et Melinda se trouvait encore beaucoup trop près du domaine familial : on n'aurait aucun mal à la retrouver. Alors la panique l'envahit. Elle crut revoir son oncle, cramoisi de fureur, marchant sur elle, le fouet en main. Que se passerait-il, s'il la reprenait après une tentative de fuite? Jamais il ne le lui pardonnerait!

Subir une nouvelle correction, encore plus brutale? C'était inévitable, et elle ne pourrait pas résister indéfiniment. Brisée, elle accepterait d'épouser le colonel Gillingham. A cette idée, Melinda frissonna d'horreur.

Pourquoi le détestait-elle à ce point? Seul son

instinct la guidait et à la pensée que cet homme pourrait l'approcher, la toucher, une vague de dégoût la submergeait. Maintenant, Melinda se souvenait de l'intérêt qu'il lui portait et comment, à deux ou trois reprises, il avait tenté d'engager la conversation avec elle. L'expression qu'elle avait lue sur ce visage, dans ces yeux, tandis qu'il la détaillait, l'avait intimidée et révoltée. En face du colonel, elle avait éprouvé la même répulsion que devant un serpent.

L'évocation du colonel lui fit presser le pas, mais la jeune fille ne put soutenir longtemps pareille allure. Cependant, le ciel s'éclairait, les premiers rayons du soleil allaient paraître. Par chance, la route demeurait déserte et Melinda savait le hameau tout proche. Peut-être y trouverait-elle un véhicule quelconque, qui pourrait la conduire à Leminster?

Elle ne se sentirait en sûreté qu'à Londres. A Leminster, cinq miles plus loin, elle pourrait prendre le train. Les diligences étaient plus nombreuses, moins coûteuses, mais on pouvait aussi trop facilement les rejoindre, grâce à des chevaux rapides. Son oncle la chercherait sur les routes, non dans les trains qu'il ne pouvait supporter.

« Invention ridicule! » clamait-il souvent. Ces machines crachotantes ne remplaceront jamais de bons chevaux!

Sur ce sujet, il était intarissable et jurait qu'il ne dépenserait jamais son argent d'une façon aussi stupide. Sa famille et lui-même continueraient à voyager comme des gens convenables, tirés par leurs propres chevaux, conduits par leurs cochers.

Cependant, lors de l'inauguration de la gare de Leminster, on l'avait invité en tant que notable du comté et il avait admis volontiers qu'il serait curieux de voir un train de près. Melinda, par faveur, avait fait partie de l'expédition.

Avec Charlotte, elles avaient exploré les wagons luxueux, salons en miniature avec leurs coussins, leurs miroirs et dorures. Elles avaient remarqué aussi l'inconfort des voitures de troisième classe, ouvertes à tous vents, dont on devait descendre couverts de poussière et d'escarbilles. Même dans ces conditions, le prix du voyage restait fort élevé. Cependant, les trains étaient plus rapides que les chevaux et cet argument suffit à décider Melinda dans sa fuite.

Mais comment gagner Leminster? Bien sûr elle aurait pu monter Flash, mais aux écuries comme ailleurs, le personnel craignait trop son oncle pour ne pas signaler son départ, à une heure insolite.

Tout en cheminant vers le hameau d'Oakle, Melinda se demandait si elle n'allait pas échouer... La fatigue, déjà, l'obligea à s'asseoir pour prendre quelques instants de repos. Elle s'installa au revers du fossé et contempla ses chaussures, le bas de sa robe, déjà couverts de poussière. S'il lui fallait marcher longtemps, elle ressemblerait à une vagabonde en arrivant à Londres.

Elle passa sur son visage un mouchoir à son chiffre, son propre ouvrage. En avait-elle brodé, de ces mouchoirs, pour sa tante et sa cousine! Certes, Melinda aimait la broderie, mais cette tâche lui ôtait le peu de loisirs qui lui restaient pour monter Flash...

Plongée dans sa réflexion, Melinda ne prêta d'abord aucune attention à un bruit qui se précisait. Tout à coup, effrayée, elle se leva d'un bond : une voiture approchait du hameau. Mais elle se rassura vite : ce n'était qu'une carriole de paysan et au second coup d'œil, elle reconnut le conducteur. C'était Jim Jenkins, le fils d'un fermier de son oncle, un rouquin au sourire creusé de fossettes, qu'elle rencontrait souvent pendant ses promenades avec Flash.

Aussitôt Melinda leva la main et Jim tira sur les rênes de sa solide monture.

– Bonjour, miss Melinda! fit-il, avec son accent épais. Vous êtes bien matinale!

– Bonjour, Jim... Où allez-vous?

– C'est mardi, miss, et je me rends au marché de Leminster.

Melinda poussa un soupir de soulagement :

– Jim, je vous en prie, emmenez-moi! Quelle sotte de n'y avoir pas pensé plus tôt!

– Pensé à quoi, miss? Je veux bien vous emmener, pour sûr, mais ce n'est guère la place d'une dame!

Melinda n'avait pas le temps de discuter : elle saisit son sac, posa un pied sur la roue et sauta sur le siège, près de Jim. La banquette n'était pas très confortable certes, néanmoins cela valait mieux que cette marche épuisante.

– Merci, Jim! dit-elle, avec une gratitude si sincère que le jeune garçon la regarda, étonné.

– Cela ne me regarde pas, miss, mais que dira le maître, s'il apprend que vous avez voyagé de la sorte?

– Pourvu qu'il ne le sache jamais! Je ne peux pas vous expliquer, Jim, mais il faut que j'arrive à Leminster le plus tôt possible. Je n'espérais pas rencontrer une voiture à cette heure-ci.

– Il faut être à l'ouverture du marché, dit Jim. On vend plus cher.

Melinda tourna la tête et constata alors que la carriole était remplie de paniers pleins d'œufs, de beurre et de légumes frais.

– Vous croyez qu'il y aura beaucoup de gens dans les rues de si bonne heure à Oakle?

– Non, pas beaucoup! affirma Jim, méprisant. Ce sont tous des paresseux, à Oakle!

– Je préférerais qu'on ne mc voic pas, Jim, pour ne pas vous attirer d'ennuis!

– Le maître ne sait donc pas que vous allez à Leminster?

Melinda hésita puis choisit de dire la vérité :

– En effet, Jim, il l'ignore.

– Il sera en colère, quand il l'apprendra?

– J'en ai bien peur! Et je ne voudrais pas qu'il soit fâché contre vous.

– Je ne lui dirai rien! Ni moi ni un autre! Personne n'a envie de lui apprendre des choses qui risquent de le mettre en colère, vous savez, miss!

– Vous avez sans doute raison, Jim. D'ailleurs, on ne me reconnaîtra peut-être pas.

En traversant Oakle, Melinda garda la tête baissée, le visage dissimulé par le bord de son bonnet. Quand ils quittèrent le hameau, elle poussa un soupir de soulagement.

– Ça va! dit Jim. Je vous l'avais dit, miss, que les gens d'Oakle sont des paresseux!

Ils arrivèrent à Leminster aux environs de 5 heures. Jim voulait la conduire au train, mais Melinda refusa. La gare n'était pas loin de la place du marché et elle pensa qu'on la remarquerait moins si elle y allait à pied.

– Merci, Jim, dit-elle en lui tendant la main. J'espère que vous n'aurez pas d'ennuis à cause de moi!

– Sûrement pas, miss. Bonne chance!

Il lui serra énergiquement la main, en lui adressant un dernier sourire bienveillant. Melinda s'éloigna, émue comme si elle laissait derrière elle son dernier ami. Avec la discrétion des gens de la campagne, Jim n'avait posé aucune question. Ils avaient fait le trajet presque en silence et Melinda avait eu le loisir de songer à sa situation.

A la gare, elle apprit que l'express de nuit, en provenance du Nord et en direction de Londres, arriverait à 6 heures. Elle se renseigna sur les prix du voyage jusqu'à la capitale.

La différence était grande entre les wagons confortables et les voitures découvertes. Toutefois, Melinda estima que ce serait une économie mal comprise que d'arriver à Londres couverte de poussière, éprouvée par un voyage inconfortable, car pour trouver un emploi, il lui fallait conserver une apparence convenable. Elle se sépara donc de cinq pièces d'or et reçut en échange un peu de monnaie, ainsi qu'un titre de transport rédigé à la main.

Il restait une heure avant l'arrivée du train. Melinda trouva la salle d'attente réservée aux dames et, là, put mettre un peu d'ordre dans sa toilette. Puis elle s'aperçut qu'elle mourait de faim. Elle avait respiré, non loin de la gare, une odeur de pain frais, devant une boulangerie. Elle s'y rendit et acheta deux brioches, qu'elle revint manger dans la salle d'attente.

Ce n'était pas un repas très substantiel. Où prendrait-elle le suivant?

A mesure que le temps s'écoulait, la nervosité de Melinda croissait. Et si le train n'arrivait pas? S'il avait eu un accident? Si quelqu'un la reconnaissait et prévenait son oncle? L'employé, derrière le guichet, avait paru surpris en lui délivrant un seul billet... Sa voix, ses vêtements, même poussiéreux, trahissaient ses origines, et les jeunes dames n'ont pas l'habitude de voyager seules...

Chaque fois que la porte s'ouvrait, Melinda regardait l'arrivant avec appréhension. Mais il ne vint que deux jeunes campagnardes qui, d'après leur conversation, devaient se rendre à la gare voisine.

Enfin, dans un grand bruit asthmatique, le train, enveloppé d'un nuage de fumée, entra lentement en gare. Aussitôt, une petite foule de porteurs, passagers et employés envahit le quai. Sans trop savoir comment, Melinda se retrouva dans un wagon. Un couple vint s'installer en face d'elle, près d'une fenêtre. Malgré la saison, le mari portait une épaisse cape en tweed et la femme s'était enveloppée dans des voiles et des châles.

Les autres passagers avaient l'allure d'hommes d'affaires, et ils se mirent à parler métier entre eux. Le train s'ébranla, à petite allure, et des volutes de vapeur grise vinrent s'écraser contre les vitres.

Melinda retint son souffle. Ainsi, elle avait réussi! Elle s'était enfuie! Le train, qui allait plus vite que les chevaux de son oncle, la conduirait jusqu'à Londres. Elle venait d'échapper au colonel Gillingham!

Melinda faillit pleurer de soulagement, mais parvint à contenir son émotion et contempla le paysage qui défilait, parfois estompé par la fumée de la locomotive. Le bruit du train, la vitesse, le balancement des wagons sur les roues, tout était nouveau, comme la vie qui s'offrait à elle.

Les yeux fermés, Melinda tenta de se concentrer sur ce qu'elle ferait à Londres. Le train devait arriver vers 1 heure de l'après-midi et elle disposerait ainsi de plusieurs heures pour trouver à se loger convenablement. Elle pourrait aussi chercher l'agence de Mrs Brewster, chez qui elle espérait obtenir un emploi.

Melinda avait retenu ce nom en rédigeant des lettres pour sa tante, lorsque lady Stanyon avait eu besoin d'une nouvelle femme de chambre. L'en-tête du papier à lettres de Mrs Brewster, reçu en réponse, l'avait informée que cette agence fournissait le personnel de maison, ainsi que des gouvernantes et des dames de compagnie.

Il restait à trouver l'adresse exacte de Mrs Brewster. Dans sa fuite précipitée, Melinda avait malheureusement oublié de la prendre. Cependant, elle espérait rencontrer facilement une personne susceptible de la lui indiquer. Elle ne se cachait pas qu'il lui serait difficile d'obtenir du travail, sans la moindre référence, et décida de se présenter comme une parente de lady Stanyon. Pourvu que Mrs Brewster n'écrivît pas à sa tante, pour se renseigner!

Melinda s'était enfuie sous le coup de la peur. A présent, les difficultés à vaincre lui apparaissaient en foule : il lui fallait gagner sa vie, avant que la famine ne la force à revenir chez son oncle.

Peut-être avait-elle eu tort de prendre place dans ce wagon luxueux? Les six guinées qui lui restaient lui avaient semblé tout à l'heure une somme considérable mais à présent Melinda commençait à pressentir qu'elles ne dureraient pas longtemps.

« Et puis, il faudra que je fasse attention aux voleurs! »

La terreur montait en elle. Melinda ferma les yeux et essaya de prier. Quand elle les rouvrit, ce fut pour constater que les autres voyageurs se préparaient à déjeuner.

Le couple qui lui faisait face ouvrit un panier à pique-nique et les hommes d'affaires sortirent des paquets de sandwiches. Melinda regretta de ne pas avoir fait provision de brioches : elle mourait de faim.

Ses voisins, eux, se goinfraient tranquillement.

– Je n'ai pas vraiment faim! minaudait la femme. Le mouvement du wagon me rend malade!

– Un peu de cognac, ma chérie? offrit le mari.

– Non, non... Mais peut-être, un verre de champagne.

L'homme prit une demi-bouteille dans le panier posé entre les pieds de Melinda qui sentait l'odeur du poulet froid et des fraises. Son appétit croissait de façon torturante.

Le voyageur remplit de champagne un gobelet qu'il tendit à sa femme, et dit dans un murmure qui se voulait discret, mais qui parvint nettement aux oreilles de Melinda :

– Nous n'avons presque rien mangé, ma chère. Peut-être pourrions-nous offrir quelque chose à cette jeune dame qui ne semble pas avoir apporté de provisions?

– Non, voyons! Il n'en est pas question! Une femme qui voyage seule... Il est facile de comprendre ce qu'elle peut être! Je ne veux même pas lui adresser la parole!

Melinda referma les yeux. Ainsi, voilà ce qui l'attendait! Une femme seule provoquait la suspicion, on s'efforçait de l'ignorer...

L'un des hommes d'affaires dit tout haut :

– Nous arriverons dans une heure!

A cet instant, le train ralentit et Melinda regarda par la fenêtre. Il y eut un arrêt brutal.

– Que se passe-t-il? s'exclama quelqu'un.

Le voisin de Melinda abaissa la vitre :

– Je ne sais pas, je ne vois rien... Oh! Contrôleur! Qu'arrive-t-il?

– Je l'ignore, monsieur. Quelque chose sur les rails, sans doute!

Il fallut cinq heures pour dégager la voie, où s'était produit un éboulement de pierres. Cinq heures à contempler les prés et les bois, jusqu'à l'horizon. Melinda se sentait défaillir de faim.

Enfin, elle appela le contrôleur :

– Pourrais-je me procurer quelque chose à manger? demanda-t-elle. Je suis partie en hâte, sans emporter de provisions.

– C'est très imprudent, miss. Tout le monde sait qu'il peut survenir toutes sortes d'incidents de route.

– Oui, je le comprends bien... Mais il est trop tard pour y remédier et je suis vraiment affamée!

L'homme la regarda et s'adoucit :

– Je vais voir ce que je peux faire pour vous. Vous comprenez, j'ai une fille qui doit avoir votre âge...

Il revint bientôt, chargé de pain, de pâté de campagne et de fromage :

– La femme d'un fermier qui voyage en voiture découverte m'a donné cela pour vous, expliqua-t-il. Elle emportait des victuailles pour en faire cadeau à sa sœur, mais sa famille est en train de tout dévorer.

– Je lui suis bien reconnaissante. Puis-je la payer?

– Non, miss, cela l'offenserait. Je lui ai expliqué qu'il y avait dans le train une jeune dame en difficulté, et elle s'est montrée heureuse de pouvoir vous aider.

– Remerciez-la pour moi, dit Melinda, qui dévora ce petit repas avec un vif plaisir.

Le voyage reprit enfin son cours, mais le soleil se couchait quand le train entra en gare de Londres.

Melinda observait les quais, épouvantée par la foule qui s'y pressait. Pour la première fois, elle eut vraiment peur de son aventure. Il était tard, trop tard pour découvrir l'adresse de Mrs Brewster. Elle quitta le wagon la dernière et aussitôt l'odeur de la fumée, le tapage des locomotives, la rumeur sourde de la foule l'assaillirent.

– Un porteur, miss? Un porteur?

– Non, merci! murmura-t-elle, cramponnée à son mince bagage.

Elle fouilla dans sa bourse, en tira son titre de transport et le tendit au contrôleur. Puis, elle se retrouva devant la gare, seule, tandis que les voyageurs se hâtaient vers des voitures particulières ou des fiacres stationnés le long des trottoirs.

A qui allait-elle demander l'adresse d'un établissement convenable où passer la nuit?

– Vous semblez un peu perdue... Puis-je vous aider?

Melinda s'arrêta et regarda la personne qui venait de l'interpeller ainsi. C'était une femme d'une cinquantaine d'années, élégante, et qui s'exprimait d'une voix distinguée. Elle souriait à la jeune fille :

– Je viens d'arriver à Londres, dit Melinda, hésitante. Je... Je me demandais comment obtenir l'adresse d'un endroit respectable où passer la nuit.

– Vous n'avez donc pas de parents ou d'amis pour vous accueillir? demanda la femme, d'une voix douce et compatissante.

– Non, hélas... Je viens à Londres pour trouver un emploi... Le train a eu du retard et je ne peux pas me rendre à l'agence de placement à cette heure!

– Bien entendu! Et vous cherchez un logement?

– Oui, pour un jour ou deux. Jusqu'à ce que je trouve du travail.

Un silence tomba. La dame ne répondait pas, aussi Melinda, désespérée, risqua :

– Je ne pense pas... Peut-être pourrais-je... Pourriez-vous me donner une adresse?

– Je me demandais justement si je ne pouvais pas vous venir en aide. Je comprends combien vous devez vous tourmenter, en arrivant ici dans la soirée, sans une adresse... Ma voiture est tout près d'ici. Si vous voulez bien me suivre, je pourrai vous conduire jusqu'à un abri pour la nuit.

– Comme vous êtes bonne! s'exclama Melinda. Mais je ne voudrais pas vous importuner. Sans doute attendez-vous quelqu'un?

– Je vous raconterai cela quand nous serons dans ma voiture... Voyons, avez-vous des bagages?

– Non, seulement un sac.

– Alors, suivez-moi, ma chère petite.

La voiture de la dame inconnue était fort élégante et conduite par un cocher galonné, tirée par un cheval vif et bien soigné. La dame fit monter Melinda près d'elle.

– Etes-vous sûre que je ne vous empêche pas d'attendre vos amis? répéta la jeune fille.

La dame eut un petit rire triste :

– Je viens ici souvent. J'ai une fille, à peu près de votre âge, qui devait venir me rejoindre à Londres. Je l'ai attendue, le jour convenu de son arrivée. Jamais je ne l'ai revue.

– Oh! Mais c'est affreux!

– Je n'ai pu savoir ce qui lui était arrivé... Voilà pourquoi, tous les soirs, je me rends à cette gare, en espérant toujours qu'un jour, elle arrivera...

– Je suis vraiment désolée, madame! fit Melinda.

Malgré sa sympathie pour cette mère affligée, la jeune fille pensa que le chagrin peut-être avait quelque peu déséquilibré la dame.

– Il m'arrive de pouvoir aider les jeunes filles solitaires, comme vous. C'est un peu comme si je faisais quelque chose pour ma propre fille. Comprenez-vous?

– Oui, bien sûr, et je vous remercie beaucoup. Je souhaiterais que vous ayez rencontré ce soir votre propre fille.

– Vous êtes très gentille. Mais nous avons assez parlé de moi. A vous, maintenant! Vos parents vivent à la campagne, je suppose?

– Je n'ai plus de parents... Mon père et ma mère

sont morts tous les deux, dans un accident de voiture.

– Et voilà pourquoi vous êtes venue à Londres!

Melinda hésita et préféra ne pas parler de son oncle, par prudence.

– Oui, c'est exact. Je n'ai pas d'argent et je dois travailler. Peut-être pourrez-vous me donner l'adresse du bureau de placement de Mrs Brewster...

– Nous nous occuperons de cela demain, ne vous inquiétez pas. Quel âge avez-vous?

– J'ai dix-huit ans. Je peux servir d'institutrice à des enfants. En plus des matières habituelles qu'on leur enseigne, je peux leur apprendre à peindre, à jouer du piano et, s'il s'agit d'enfants vivant à la campagne, à monter à cheval.

– Alors, je suis certaine que vous trouverez un emploi sans difficulté! Peut-être pourrions-nous nous présenter?

– Oh! Bien sûr! Je m'appelle Melinda Stanyon.

– Joli nom! Moi, je suis Mrs Harcourt. Quelle chance, n'est-ce pas, de nous être rencontrées?

– Oui, j'en suis très heureuse!

Pendant qu'elles bavardaient, la voiture parcourait des rues brillamment éclairées, où Melinda, par politesse, osait à peine jeter un coup d'œil.

Mrs Harcourt continuait à la presser d'une foule de questions. Melinda était exténuée par sa longue et difficile journée; elle n'avait pas dormi non plus la nuit précédente. Enfin, la voiture s'arrêta :

– Nous sommes arrivées! annonça Mrs Harcourt. Je vois combien vous êtes épuisée. Je vais vous conduire jusqu'à votre chambre, et demain nous parlerons.

– Je vous remercie. Je suis désolée et dois vous paraître bien stupide, mais je tombe de sommeil...

– Ma pauvre enfant! Je le comprends! Venez, suivez-moi.

Elles descendirent de voiture, dans une petite rue tranquille, bordée de maisons luxueuses. Mrs Harcourt monta les marches d'un perron soigneusement entretenu. Au moment où elle allait sonner, la porte s'ouvrit devant un valet de pied, qui reconduisait un gentleman en habit de soirée. Il s'arrêta pour saluer Mrs Harcourt :

– Je n'espérais plus vous voir! affirma-t-il.

– Je suis allée en ville, comme vous le voyez, répondit Mrs Harcourt.

– Oui, en effet...

Il examinait Melinda, qui détourna la tête. Cet inconnu lui déplaisait car il était l'image même qu'elle se faisait d'un débauché, sans trop savoir la portée de tels mots.

– Présentez-moi! dit-il sur un ton autoritaire.

– Je viens de rencontrer cette jeune dame à la gare, milord, et elle souhaite par-dessus tout aller se reposer, répondit Mrs Harcourt très vite. Je vous prie de bien vouloir m'excuser...

– Présentez-moi!

Impossible de s'y tromper, l'homme entendait être obéi. Mrs Harcourt rougit légèrement mais céda :

– Melinda, voici lord Wrotham... Un... vieil ami à moi. Miss Melinda Stanyon.

Lord Wrotham prit la main de Melinda.

– Ainsi, ma chère enfant, c'est votre première visite à Londres! Nous ferons tout pour vous la rendre agréable. J'espère vous voir souvent, très souvent...

– Merci, murmura la jeune fille, mais...

– Je vous l'ai dit, Melinda est fatiguée, intervint vivement Mrs Harcourt.

– Je comprends, chère Mrs Harcourt, je comprends! Un joli visage, vraiment! Si frais, si pur, si... innocent!

Melinda baissa les yeux sous le regard insistant, prise d'une subite envie de s'enfuir.

– A demain, chère Melinda! reprit lord Wrotham, en lui baisant la main.

Melinda avait oublié ses gants dans la voiture et le contact de ces lèvres sur sa peau lui causa un véritable malaise. Elle s'arracha à l'étreinte de ces doigts et, sans attendre Mrs Harcourt, se précipita dans le hall. Derrière elle, il lui sembla entendre Mrs Harcourt murmurer quelques mots sur un ton de reproche à lord Wrotham qui répliqua :

– Je viendrai vous voir demain. N'oubliez pas de prévenir Kate qu'elle est à moi.

Ce propos lui parut si surprenant que Melinda pensa l'avoir mal compris.

3

Au même moment, un cabriolet s'arrêtait devant un immeuble brillamment éclairé de Prince's Street. Un jeune homme élégant, en tenue de soirée, gardénia à la boutonnière, en descendit et se dirigea vers l'entrée gardée par deux imposants portiers en uniforme. Leur allure de lutteurs pouvait paraître déplacée, vu leur fonction qui se bornait à ouvrir la porte et appeler les équipages.

Le capitaine Vestey salua les deux hommes et frappa à la porte close. Un panneau s'ouvrit, deux yeux scrutèrent l'arrivant et aussitôt une voix suave accueillit le jeune homme.

– Bonsoir, capitaine! C'est un plaisir de vous voir!

Gervais Vestey ne prit pas la peine de répondre. Il suivit un étroit couloir, jusqu'à un salon illuminé d'où s'échappait un bruit de voix, dominé parfois par un rire aigu.

Dans le fond de la pièce, derrière un bar américain, on préparait des boissons aux noms exotiques. Mais le jeune homme se dirigea droit vers un fauteuil installé sous une sorte de dais, semblable à un trône.

Là, entourée d'un essaim de jeunes personnes

fort séduisantes, siégeait l'une des reines reconnues du Londres nocturne : Kate Hamilton.

La célèbre Kate était une femme énorme et plutôt repoussante malgré les lumières du salon qui faisaient miroiter les innombrables bijoux dont elle se parait. Toute la jeunesse dorée de Londres raffolait de Kate et l'on menait chez elle les étrangers de marque.

En se frayant un passage jusqu'à son fauteuil, Gervais Vestey salua quelques nobles, plusieurs membres du Parlement, sans compter une foule de jeunes officiers. Comme lui, à leurs moments de liberté, ces messieurs venaient jouir de la compagnie des jolies pensionnaires de Kate.

Un jeune vicomte lui offrait le champagne, mais elle se tourna vers l'arrivant :

– Bonsoir, capitaine! Je disais précisément à Sa Seigneurie que je ne vous avais pas vu depuis longtemps, ni votre ami le marquis. Où étiez-vous passés, tous les deux?

– Vous nous manquiez aussi, Kate! affirma le capitaine en souriant. Vous me semblez en pleine forme, ce soir! Mais j'ai besoin de vous parler en tête à tête, et c'est très urgent!

Kate Hamilton examina le jeune homme attentivement. Elle refusa une nouvelle coupe de champagne et fit signe à l'une des jeunes femmes.

– Approchez, Rosie, et ouvrez l'œil à ma place! Je ne veux aucun désordre, vous le savez.

– Soyez tranquille, madame! dit Rosie en s'installant non sans plaisir dans le profond fauteuil que Kate venait de quitter.

Gervais Vestey et Kate traversèrent les grands appartements qui étaient combles ce soir, et chacun, au passage, essayait de dire un mot à la grosse femme. Enfin, ils gagnèrent le boudoir de Kate qui n'y admettait que peu de gens, et seulement les plus distingués de ses visiteurs. Trois sofas garnissaient cette pièce luxueuse, l'un bleu, l'autre brun, le troisième pourpre... Kate n'aimait pas l'élégance discrète.

– Asseyez-vous, capitaine, offrit Kate. Voulez-vous boire quelque chose?

– Plus tard, merci. Je viens vous demander votre aide, Kate.

– Vraiment? Que vous arrive-t-il? s'enquit-elle, en s'installant sur le divan brun qui gémit sous son poids.

– Il ne s'agit pas de moi mais de Chard qui se trouve fort embarrassé. Vous seule pouvez le tirer d'affaire.

– S'agit-il d'argent?

– Non! De sa belle-mère.

– La marquise douairière? J'ai entendu dire qu'elle était très malade.

– Vous êtes au courant de tout, n'est-ce pas, Kate? Oui, elle est malade. On la dit même mourante.

– Pauvre femme! Mais il n'existait pas d'excès d'affection entre elle et son beau-fils, je crois?

– C'est exact. Le marquis non plus n'aimait pas beaucoup son fils. Il a laissé tout son argent à sa femme et Drogo, mon ami, a hérité du titre, sans plus.

– Certes, mais si Sa Seigneurie est sur le point de mourir, l'argent va revenir au jeune marquis! Elle n'avait pas d'enfant, n'est-ce pas?

– Non, mais il n'empêche qu'elle peut disposer de la fortune de son mari, et la léguer à qui elle le désire!

– Je comprends!

– Kate, voilà comment vous pouvez nous aider! La marquise douairière a déclaré qu'elle laisserait l'argent de son mari à son beau-fils, à la condition qu'il soit marié!

Kate éclata de rire :

– La pauvre femme a perdu l'esprit! S'il n'existe qu'une personne au monde rebelle au mariage, c'est bien le jeune marquis!

– Voilà tout le problème. Il proclame qu'il ne se mariera sous aucun prétexte!

Kate réfléchissait. Elle dit enfin :

– Il s'intéresse beaucoup à lady Alice St. Helier, n'est-ce pas?

Le capitaine Vestey la regarda, stupéfait.

– Seigneur, Kate! Comment faites-vous pour connaître tous les secrets de Londres?

– Mon cher, les hommes qui viennent chez moi boivent beaucoup, et l'alcool délie les langues.

– Je comprends, fit le jeune homme, souriant malgré lui. Eh bien! puisque vous savez tout, autant vous le confirmer. Le marquis était très amoureux de lady Alice et il a juré de ne jamais se marier, comme il ne pouvait l'épouser. Et voilà que la marquise, sur le point de mourir, refuse de signer son testament si elle ne voit pas de ses yeux la femme de son beau-fils! Pas une fiancée, non, une épouse! Des fiançailles, on pourrait les rompre après les funérailles! Elle exige une épouse, je vous le répète! Elle a même suggéré que le mariage se célèbre dans sa chambre à coucher, devant elle.

– Elle prend ses précautions!

– Bien entendu, mon ami, vu son physique, son titre et ses espérances, pourrait trouver facilement n'importe quelle jeune fille à marier; du genre de celles que l'on traîne dans tous les bals de débutantes, et qu'on serait trop heureux de lui donner en mariage! Mais il ne veut pas en entendre parler et préfère que la marquise douairière emporte son argent en enfer avec elle!

– Ce serait vraiment stupide! jugea Kate. L'argent est l'argent, d'où qu'il vienne!

– C'est plus ou moins ce que je lui ai rappelé... Je crois même qu'il aurait volontiers provoqué la marquise douairière, s'il n'avait pas été question de Chard.

– Sa maison?

– Oui, sa maison et le grand domaine, dans le Hertfordshire. Il l'aime plus que tout au monde. Cette demeure est l'unique repère de sa vie. Vous savez quelle a été son enfance malheureuse : sa mère morte, son pèrc qui le repoussait, sa belle-mère qui ne l'aimait pas... Chard a remplacé pour lui sa famille absente et il ne peut supporter l'idée de le perdre.

– Que compte-t-il donc faire? demanda Kate. Et moi, quel est mon rôle?

– Eh bien! Nous avons une idée, mais nous ne pouvons la réaliser qu'avec votre aide.

– Expliquez-vous...

– Le marquis se mariera dans la chambre de la douairière, comme elle l'a demandé. Mais la mariée n'en sera pas vraiment une, et c'est vous qui nous la procurerez.

Kate en resta le souffle court, la bouche ouverte. Enfin, elle se reprit et éclata de rire :

– Par exemple! Je n'ai jamais entendu parler d'une chose pareille! Et c'est la douairière elle-même qui a provoqué cela, par son exigence! Elle ne sera pas dupe, voyons!

– Mais si! Nous avons exactement la personne qu'il nous faut pour jouer le rôle du pasteur, un compagnon de régiment qui réjouissait tout le mess par son talent de comédien : son père était le pasteur d'une obscure paroisse du Northumberland et il connaît par cœur le service du mariage! Le plus difficile, c'est de trouver la mariée!

– Oui, en effet, elle a son rôle à jouer dans la cérémonie! plaisanta Kate.

– Le marquis tient essentiellement à ce qu'elle ait bonne apparence! La marquise douairière est assez fine pour deviner une supercherie, si la jeune fille est commune ou vulgaire. Il faut qu'elle ait l'air d'une vraie dame, comprenez-vous, Kate? Elle doit être aussi habillée en conséquence.

– Vous me demandez l'impossible!

– Kate, si vous ne nous aidez pas, nous sommes perdus! Vous disposez du plus joli personnel féminin de Londres. L'une de vos pensionnaires doit être capable de jouer le rôle que nous attendons d'elle, juste pour quelques heures : celui d'une jeune fille de la meilleure société!

– Je voudrais pouvoir vous venir en aide! Mais réfléchissez! Certes, Rosie, Gertie, Gwenn et les autres sont séduisantes dans les salons! Après quelques coupes de champagne, leur voix peut sembler mélodieuse! En réalité, si vous les rencontriez au grand jour, sans maquillage ni éclairages flatteurs, vous ne risqueriez pas de les prendre pour de jeunes demoiselles à marier!

– Mais enfin, Kate, l'une d'elles doit pouvoir jouer adroitement ce rôle! fit le capitaine, presque suppliant. Habillez-la convenablement, et pourvu qu'elle se taise! On ne lui demandera pas de faire la conversation avec une femme mourante!

– Et quand bien même? Que se passera-t-il ensuite? Bien sûr, je choisis mes recrues pour leur beauté et non leur intelligence mais, si sotte qu'elle soit, cette fille comprendra ce qui se trame... Il serait fâcheux pour le jeune marquis qu'elle se mette à raconter une pareille histoire en ville. Et il devra peut-être débourser pas mal d'argent pour qu'elle tienne sa langue!

– Autrement dit, vous pensez à un chantage?

– C'est un vilain mot que l'on n'a jamais prononcé dans mon établissement. Mais cela s'est déjà produit ailleurs.

– Qu'allons-nous devenir? se lamenta le capitaine. Le marquis comptait absolument sur vous! Il pensait donner cinq cents guinées à la « mariée », et cinq cents à vous, Kate. Bien sûr, il aurait payé le trousseau et tout le nécessaire. (Kate ne répondit pas mais ses yeux étincelèrent.) Trouvez une solution, je vous en prie! supplia Vestey.

– J'essaie! dit Kate.

Elle se leva et alla tirer un cordon près de la cheminée. La porte s'ouvrit bientôt sur une femme de chambre.

– Allez me chercher Mrs Harcourt, ordonna Kate, et apportez-moi une bouteille de champagne. J'ai besoin d'un cordial.

– Vous croyez que Mrs Harcourt pourra nous aider? demanda le capitaine.

Tout le monde, chez Kate, connaissait Mrs Harcourt. Elle dirigeait une autre partie de l'établissement de Kate, dans une petite rue tranquille, qui rejoignait Prince's Street par un long couloir souterrain. Seuls, les meilleurs clients de Kate avaient le droit d'emprunter ce chemin. Pour les hôtes de passage, les policiers ou les enquêteurs, les deux maisons étaient totalement indépendantes.

Kate et le capitaine attendirent Mrs Harcourt sans échanger une parole. Kate réfléchissait; le capitaine, lui, commençait à comprendre que le plan qui leur avait paru si simple à réaliser, quand ils l'avaient imaginé, le jeune marquis et lui, serait difficile à mettre en pratique. Pourtant, il fallait que la vieille marquise signe ce testament si important!

Au bout d'un moment, le capitaine Vestey n'y tint plus et rompit le silence :

– Il faut trouver une solution, Kate! Sinon, la marquise laissera sa fortune au profit d'un asile pour chats abandonnés!

– A-t-elle beaucoup d'argent?

– Près de deux millions de livres!

– Seigneur! Une telle fortune à des chats! Pourquoi pas à des enfants? Il en traîne assez dans les rues, pauvres et affamés!

– Et pourquoi pas à l'héritier légitime? rétorqua Gervais. Je suis convaincu que Drogo deviendra un tout autre homme quand il sera le maître de Chard!

– Londres sera bien ennuyeux lorsque le jeune marquis de Chard se sera retiré sur ses terres! affirma Kate en souriant. Pour ma part, je le regretterai!

– Certes, nous nous sommes bien amusés ensemble! Mais je n'imagine pas son avenir s'il n'hérite pas d'un centime!

– Ce serait très injuste en effet... Ah! vous voilà, Ella! Venez! Vous aurez peut-être quelque chose à nous suggérer!

Mrs Harcourt venait d'entrer dans le boudoir. Elle avait tout à fait l'allure d'une dame élégante et posée.

– Jeune homme, dit Kate au capitaine, allez nous attendre dans la pièce à côté. Je veux parler à Mrs Harcourt seule.

– Entendu. Bonsoir, Mrs Harcourt. Tout va bien dans votre établissement?

– Oui, mais on ne vous voit plus guère.

– Je reviendrai dès que la petite affaire dont va vous parler Kate sera conclue!

Il adressa un sourire aux deux femmes et quitta la pièce.

– Quel charmant garçon! soupira Mrs Harcourt. J'espère qu'il n'a pas d'ennuis? Lui et son ami, le jeune marquis, me plaisent beaucoup malgré mon âge!

– Ma chère Ella, je regrette que vous n'ayez pas vingt ans de moins! Vous auriez parfaitement joué ce rôle!

– Quel rôle?

Alors Kate raconta l'histoire du capitaine Vestey.

– Qu'allons-nous faire? demanda-t-elle. Pensez-vous qu'une de vos pensionnaires puisse convenir? J'ai bien pensé à Lily, mais elle est si bavarde...

– Il y a Grace... dit Mrs Harcourt, pensive.

– Non! Elle m'a menti plusieurs fois... Cette petite est avide d'argent et je ne tarderai pas à la mettre à la porte.

– Alors, je ne vois personne... Ah! Attendez donc! J'ai une idée! Venez avec moi. Je veux vous montrer quelqu'un que j'ai rencontré ce soir.

– C'est assommant! Faut-il faire tout ce chemin? protesta Kate.

– Je sais que vous n'aimez pas ce souterrain, mais il faut que vous la voyiez, je vous assure! insista Mrs Harcourt.

Kate s'exécuta en ronchonnant et suivit le long couloir, bordé par de nombreuses portes closes. Enfin, les deux femmes arrivèrent dans le petit hall de la maison où Melinda était entrée en fin d'après-midi.

Elles montèrent l'escalier jusqu'au premier étage. La maison était paisible; une vague rumeur venait du salon, où se tenaient les pensionnaires d'Ella Harcourt.

Mrs Harcourt poussa la porte entrouverte d'une chambre où brûlait une bougie.

– Elle va peut-être se réveiller? chuchota Kate.

– Non! Elle dormira jusqu'à demain matin! Nous avons versé la potion habituelle dans le lait chaud qu'elle a pris en se couchant. D'ailleurs, elle était très fatiguée par son voyage.

Les deux femmes se penchèrent sur le lit. L'opulente chevelure de Melinda couvrait l'oreiller blanc. Elle était si menue, fragile et tout à fait ravissante.

Kate se recula avec un soupir :

– Moi aussi, autrefois, j'ai paru jeune et innocente. Il y a bien, bien longtemps... Voyons, qui est cette fille?

– Elle s'appelle Melinda Stanyon, expliqua Mrs Harcourt. Elle vient du nord de l'Angleterre. Ses parents sont morts et elle est venue à Londres pour chercher un emploi. Elle m'a demandé l'adresse du bureau de placement de Mrs Brewster car elle cherche un poste de gouvernante.

– Comment s'exprime-t-elle?

– Tout à fait comme une dame. Elle est pauvrement habillée, mais doit appartenir à une famille distinguée, ruinée et dispersée.

– Peut-être... Mais acceptera-t-elle de jouer le jeu?

– Elle a besoin d'argent! Cinq cents guinées, pour une jeune fille qui se trouve dans une telle situation, représentent la liberté pour plusieurs années!

– Ce doit être une personne correcte... Avec un tel visage... Oui, voilà notre chance! Demain matin, vous lui parlerez. Surtout, qu'elle ne rencontre pas les autres. Il ne faut pas l'effrayer, elle est peut-être aussi innocente qu'elle en a l'air!

– C'est mon avis.

– Alors, veillez sur elle! Demain, vous l'emmènerez chez Mme Mercier, pour lui acheter des vêtements. C'est la meilleure couturière qu'on puisse trouver à Londres, et Sa Seigneurie ne regarde pas à la dépense!

– Combien pouvons-nous mettre dans ce trousseau? demanda Mrs Harcourt.

– Il faut bien faire les choses. La robe de mariée, surtout, doit être parfaite. Elégante, mais digne d'une jeune dame de la noblesse, comprenez-vous?

Kate sortit doucement de la chambre et Mrs Harcourt la rejoignit dans l'escalier.

– Je dois vous révéler un détail... Quand j'ai fait entrer ici cette jeune fille, nous avons croisé lord Wrotham. Il a examiné Melinda et l'a trouvée ravissante. Bien entendu. « Prévenez Kate qu'il faut me la réserver », m'a-t-il déclaré.

– Les hommes tels que ce lord Wrotham m'exaspèrent! déclara Kate. Pour une fois, il attendra!

Elle descendit péniblement les escaliers et reprit le chemin de sa maison et de son boudoir. Le capitaine Vestey l'attendait, une coupe de champagne à la main.

– Enfin, Kate! Je pensais que vous m'aviez oublié! Je vous ai entendues partir, Mrs Harcourt et vous, par le couloir souterrain, et le temps m'a paru si long que j'ai pris un verre!

– Je vous comprends, dit Kate. Moi aussi, j'en ai grand besoin!

– Alors, quel est le résultat de votre promenade? demanda le capitaine, en lui tendant une coupe.

– Nous avons trouvé quelqu'un.

– Vraiment! Oh Kate! Vous êtes merveilleuse! Je disais bien à Drogo que vous ne nous laisseriez pas tomber!

– Elle est très jeune, dit Kate. Il faudra lui donner beaucoup d'explications pour la décider...

– C'est votre affaire. Mais le mariage doit avoir lieu demain après-midi.

– Demain après-midi! Mais comment pourrions-nous être prêtes aussi vite?

– La vieille marquise est mourante. Elle peut même passer cette nuit. Drogo se procurera une licence spéciale, le « pasteur » est déjà prévenu. Il ne nous manque que la fille.

– Quelle rapidité! Nous ignorons encore si la jeune personne acceptera!

– Allons donc! Vous savez diriger votre personnel! Je cours prévenir le marquis que tout est organisé. Chère Kate! Si jamais j'ai besoin pour moi-même d'une aide sérieuse, je saurai où m'adresser! Vous êtes magnifique!

Il se pencha et l'embrassa sur la joue.

– Vous me cajolez parce que vous êtes arrivé à vos fins! Dites au jeune marquis de Chard qu'il faut me renvoyer la « mariée » une fois la cérémonie terminée. Je ne tiens pas à ce qu'elle se mette des idées en tête...

– Dès que le testament sera signé, on vous la rendra... Non! Ce serait imprudent. Il faudra que cette jeune personne attende la mort de la marquise douairière. Supposez qu'elle veuille la revoir? Mais, je vous l'assure, ce n'est qu'une question de jours.

– Il lui faudra un véritable trousseau, alors? constata Kate.

– Vous enverrez la note au marquis. Il sera bientôt capable de la régler!

– J'y compte bien! Et dites-lui de ne pas oublier mes cinq cents guinées. Je n'aime pas attendre l'argent qu'on me doit.

– Ne vous inquiétez pas! Et maintenant, je vais apprendre la grande nouvelle au futur marié!

Le capitaine prit son chapeau haut de forme, le coiffa avec désinvolture et regagna le grand salon où une rumeur de bienvenue salua son retour.

– Quelle femme merveilleuse! murmura le capitaine Vestey. Je me demande à quoi peut ressembler « l'épousée » de Drogo.

4

Melinda sortit à grand-peine d'un sommeil lourd et sans rêves. En ouvrant les yeux, elle se demanda où elle pouvait bien se trouver et fit un geste pour se lever; une douleur aiguë lui rappela les mauvais traitements de sir Hector et, désespérée, elle referma les yeux. Brusquement, elle se dressa sur son céans et regarda alentour. Puis, avec d'infinies précautions, car chaque geste la faisait souffrir, Melinda se glissa hors du lit et fit quelques pas.

Elle sentait sa tête lourde et douloureuse, comme le jour où, après un accident de cheval, sa nurse lui avait fait boire du lait chaud additionné d'une cuillerée de laudanum. Jamais Melinda n'avait oublié cette sensation étrange d'avoir une tête pesante comme du plomb.

« Mrs Harcourt aurait-elle versé un soporifique dans mon lait? Pour quelle raison? J'étais assez fatiguée pour dormir sans drogue! »

Melinda tira les rideaux et découvrit avec effroi que des barres de fer garnissaient la fenêtre; elle songea ensuite qu'il était bien naturel, à Londres, de prendre de telles précautions contre les voleurs.

Elle but un verre d'eau, remplit la cuvette sur la table de toilette, se baigna le visage et aussitôt se sentit mieux.

« Un solide petit déjeuner, voilà ce qu'il me faudrait! Mais si Mrs Harcourt ne songe pas à m'en offrir, je m'en passerai! » se dit-elle.

Melinda examina la chambre et constata, avec un léger malaise, qu'elle lui paraissait tout autre que la veille, aux lumières : les meubles semblaient de mauvaise qualité, les tapis criards, les couleurs vulgaires...

Soudain Melinda fut prise d'une envie de fuir. Elle courut à la porte, tourna la poignée, mais en vain : elle était fermée à clé! Durant un bref instant, elle ne put y croire. Une porte verrouillée et des barreaux à la fenêtre! Qu'est-ce que cela pouvait signifier?

Comme pour répondre à sa question, une clé tourna dans la serrure et la porte s'ouvrit. Mrs Harcourt fit son entrée, calme et sereine, et Melinda se reprocha ses craintes.

– Bonjour, ma chère! dit Mrs Harcourt de sa voix douce et posée. J'espère que vous avez bien dormi.

– Oui, très bien... Je... Je viens juste de constater que j'étais enfermée...

– C'est vrai! dit Mrs Harcourt. J'ai pris cette précaution, car la maison est pleine en ce moment. On aurait pu entrer dans votre chambre par erreur et vous réveiller. Vous étiez si fatiguée, hier soir.

Melinda voulut parler du soporifique qu'on lui avait administré puis changea d'avis. A quoi bon en faire une histoire?

– Vous avez été très bonne pour moi, madame. Je vous suis reconnaissante de m'avoir accueillie chez vous. Mais à présent, il me faut partir. Je vous serais extrêmement obligée si vous pouviez me procurer l'adresse du bureau de Mrs Brewster.

– Certainement, je m'en occuperai. Cependant, je voudrais vous parler d'une affaire susceptible de vous intéresser.

– Une place qui pourrait me convenir?

– Oui. Mais il faut d'abord que vous preniez votre déjeuner. Retournez vous coucher. Je vais vous envoyer une femme de chambre, répondit Mrs Harcourt en sortant.

Melinda obtempéra et se remit au lit non sans un certain sentiment de malaise qui subsistait dans son esprit.

Mrs Harcourt revint bientôt, accompagnée d'une soubrette chargée du plateau du déjeuner. La femme de chambre jeta un étrange coup d'œil à Melinda qui, surprise, s'étonna de ce regard plein de dédain.

– A présent, Doris, retournez faire les chambres! ordonna Mrs Harcourt.

– Je ne peux pas m'occuper de la sept, fit la domestique. Ils ont sonné pour avoir du champagne et John vient de monter une bouteille.

– Ce sera tout, Doris, dit sèchement Mrs Harcourt.

Melinda inspecta son plateau : des œufs pochés, des toasts, du beurre, de la confiture et un grand pot de café. Elle s'en versa une tasse, un peu embarrassée car Mrs Harcourt l'observait.

– Vous devez manger, conseilla son hôtesse, sinon vous serez vite fatiguée, et une dure journée vous attend.

– Vraiment? s'exclama Melinda. Voulez-vous dire que vous m'avez trouvé un emploi?

Mrs Harcourt hésita un instant, puis répondit avec prudence :

– Avez-vous jamais joué la comédie?

– Non, bien sûr! Je n'ai même jamais été dans un théâtre. J'ai vu jouer quelques scènes de Shakespeare par les enfants d'un orphelinat dont s'occupait mon père, mais c'est tout!

Melinda remarqua le désappointement de Mrs Harcourt et s'empressa d'ajouter :

– Bien sûr, il m'est arrivé de participer à des charades à la maison, lorsque nous recevions des amis... Des tableaux vivants, de courtes saynètes...

– Très bien! soupira Mrs Harcourt. Dans ce cas, cela ne vous semblera pas trop difficile.

– De quoi s'agit-il?

– Un jeune aristocrate, très distingué, recherche une jeune fille susceptible de jouer un rôle dans une fausse cérémonie de mariage. Cela peut sembler facile, mais il désire une personne capable de faire illusion. Je pense que vous l'êtes.

– Jouer le rôle d'une mariée!

Melinda pensa aussitôt qu'il s'agissait de quelque plaisanterie stupide. Ainsi, elle s'était enfuie pour ne pas se marier, et on lui demandait à présent de jouer dans un simulacre de mariage!

– Je ne crois pas que je puisse accepter, dit-elle.

– C'est vraiment dommage! reprit Mrs Harcourt après un court silence. Le gentleman en question offre la somme de cinq cents guinées à la jeune fille qui jouera ce rôle à sa convenance.

– Cinq cents guinées! se récria Melinda. N'a-t-il plus sa raison?

– Bien au contraire. C'est une chose très importante pour lui. Il tient beaucoup à ce que la cérémonie paraisse véritable aux yeux d'une personne qui y assistera. Ce simulacre n'a rien de répréhensible; juste un petit rôle à jouer, seulement ce monsieur recherche une personne capable de le remplir à la perfection.

– Mais dans quel but? demanda Melinda. Et pourquoi offrir une telle somme d'argent? (Comme Mrs Harcourt ne répondait pas, elle ajouta, pensive :) Je suppose qu'il s'agit d'un pari!

– Oh, c'est aussi mon avis, affirma Mrs Harcourt. Un pari! Vous savez comment sont les jeunes gens! Ils feraient n'importe quoi pour gagner!

– L'enjeu doit être de taille s'il est prêt à dépenser tant d'argent!

– Très important, en effet. Des dizaines de milliers de livres!

– C'est ridicule! Ma mère disait toujours combien il était regrettable de gaspiller au jeu de l'argent qui serait bien mieux employé à soulager la misère des pauvres gens!

– Nous n'y pouvons rien! Quant à vous, vous n'aurez qu'une chose à faire : vous tenir aux côtés d'un très beau gentleman, le temps d'une fausse cérémonie de mariage, après quoi il vous remettra cinq cents guinées. Vous reviendrez ici et nous vous chercherons alors un emploi convenable.

– Evidemment, cela semble facile! soupira Melinda.

« Cinq cents guinées! Plus besoin de courir tout de suite après une place! J'aurais le temps d'aller voir ma vieille nurse, qui vit dans le Sussex chez l'une de ses sœurs », songea-t-elle, tout agitée.

Après la mort de ses parents, Melinda n'avait trouvé de refuge dans son chagrin qu'auprès de cette vieille femme qui l'avait élevée tendrement. Mais, quand sir Hector était intervenu pour régler la situation de sa nièce, il avait rapidement fait comprendre qu'il n'y avait aucune place chez lui pour une vieille domestique à la retraite.

Nanna, comme Melinda nommait sa nurse, était donc partie, nantie d'une pension si modique que la jeune fille, mortifiée et impuissante, n'avait pu que pleurer amèrement au moment des adieux.

Melinda lui écrivait souvent et rêvait qu'un jour, quand elle aurait une maison à elle, Nanna la rejoindrait. Et voilà que le rêve devenait réalisable! « Nous pourrons louer un petit cottage et y vivre ensemble, au moins jusqu'à l'épuisement des cinq cents guinées. J'aurai alors sans doute trouvé le moyen de gagner ma vie et Nanna pourra rester auprès de moi. »

Brusquement effrayée à la pensée qu'elle avait dû mal comprendre, Melinda demanda :

– Vous avez bien dit cinq cents livres?

– Et même cinq cents guinées, pour être exact. A présent, si vous êtes d'accord, il faut faire vite. La cérémonie doit se dérouler cet après-midi.

– Mais que devons-nous faire?

– Vous acheter toutes sortes de beaux vêtements! Une robe de mariée et quelques autres, au cas où votre séjour devrait se prolonger dans cette maison.

– Pourquoi donc?

– Cela fait partie de nos conventions, répondit Mrs Harcourt avec impatience. Je vous expliquerai plus tard. Maintenant, allez vous habiller. Dépêchez-vous, je vais commander la voiture. Soyez prête dans un quart d'heure.

Mrs Harcourt se leva et gagnait la porte lorsque l'on frappa et la voix de Doris demanda ce qu'il fallait faire des occupants de la chambre quatre.

« Combien d'invités peut bien recevoir Mrs Harcourt?» pensa Melinda.

Puis elle sauta du lit et se mit à s'habiller.

Trois heures plus tard, Melinda se trouvait dans une boutique de Bond Street, recrue de fatigue, lassée d'avoir répondu à tant de questions et vu défiler tant de luxueux vêtements.

Mrs Harcourt l'avait menée chez Mme Mercier, qui l'avait expertement examinée.

– La robe de mariée, madame, doit être très discrète, avait expliqué Mrs Harcourt. Semblable en tout point à celle que porterait une jeune lady du meilleur monde.

– Bien entendu!

– Il faut aussi d'autres robes, et du meilleur goût, vous me comprenez!

– Ne vous inquiétez pas, Mrs Harcourt!

– Je suis venue chez vous car votre maison habille l'élite de la société, continua Mrs Harcourt. Seulement nous sommes terriblement pressées. Il nous faut la robe de mariée et les autres toilettes immédiatement.

– Impossible! s'exclama Mme Mercier.

– Je sais : voilà pourquoi vos prix ne seront pas discutés.

Les deux femmes échangèrent un regard.

– Dans ce cas... J'ai ici une robe de mariée commandée pour l'une des filles de la comtesse de Lansdown. Le mariage a lieu dans trois semaines, nous aurons le temps de faire une autre toilette avant le prochain essayage.

– Parfait, montrez-la-nous! suggéra Mrs Harcourt.

Madame frappa dans ses mains et, quelques minutes plus tard, Melinda, incrédule, se regardait dans le miroir. Jamais elle n'aurait cru qu'elle puisse être aussi élégante! Cet assemblage de soie, de dentelles, de guirlandes de fleurs d'oranger soulignait la finesse de sa taille élancée.

– Elle est jolie comme une image! s'exclama Mme Mercier. Je peux bien vous le dire, jeune fille, la mariée qui doit porter cette robe ne sera jamais aussi séduisante que vous!

– Merci! répondit Melinda, embarrassée.

Sa gêne ne s'était pas dissipée : au moment de l'essayage, Mme Mercier avait poussé un cri d'horreur en découvrant son dos lacéré.

– Que vous est-il arrivé, ma pauvre enfant?...

Puis elle s'était tournée vers Mrs Harcourt et avait prononcé des paroles que Melinda n'avait pas entendues, d'une voix basse mais remplie d'indignation.

– Non, non, rien de semblable... avait protesté vivement Mrs Harcourt. Cette jeune personne est arrivée à Londres hier soir. Je l'ai trouvée à la gare, seule et abandonnée, cherchant un logis respectable. J'ai été très heureuse de pouvoir l'inviter chez moi.

Les lèvres de Mme Mercier avaient esquissé un sourire sarcastique.

– Je n'en doute pas, chère madame. Seulement, il faut cacher ces cicatrices, et modifier le décolleté.

– Le voile les dissimulera...

– C'est vrai, j'avais oublié le voile, avait admis Mme Mercier.

Mrs Harcourt s'était tournée vers Melinda :

– Qu'avez-vous donc fait, ma petite, pour mériter une punition pareille?

– Mon oncle était furieux parce que j'avais refusé de lui obéir.

Mrs Harcourt avait déjà abandonné le sujet, au grand soulagement de Melinda qui n'avait aucune intention d'expliquer les raisons de sa fuite. Toutefois, elle remarqua que Mrs Harcourt semblait indifférente à ce qui avait pu lui arriver.

Quant à Mme Mercier, elle désirait vendre le plus de toilettes possible, et sa cliente souhaitait en acheter. Aussi les deux femmes s'entendirent-elles à merveille. Melinda les observait en silence et refusa seulement de porter des décolletés profonds.

– J'ignore si je porterai une seule de ces robes, mais le cas échéant, je ne veux pas de ces décolletés.

– A votre guise! admit Mme Mercier. Nous pouvons y ajouter des rubans et de la dentelle, si vous le désirez.

Elle se tourna vers Mrs Harcourt, quêtant son approbation.

– La jeunesse et l'innocence ont leur prix... dit Mrs Harcourt.

De nouveau, Mme Mercier eut un sourire ironique.

Enfin Melinda vit avec soulagement la fin de ses peines et de ces essayages.

– Vous ferez livrer tout cela à Grosvenor Square, indiqua Mrs Harcourt.

– Grosvenor Square! répéta Mme Mercier, la voix vibrante de curiosité.

– Je sais que je peux compter sur votre discrétion. Pas un mot à quiconque, n'est-ce pas?

– Je n'aurais pas une telle clientèle si je n'étais pas discrète! affirma Mme Mercier.

– Très bien. Vous enverrez la note avec les toilettes, au nom du marquis de Chard.

Les yeux de Mme Mercier s'écarquillèrent de surprise.

– Le marquis? Oh! C'est un jeune homme très élégant, je crois!

– En effet. Et ne vous inquiétez pas, la facture sera payée rapidement. Je vous laisse choisir les jupons et les sous-vêtements nécessaires.

– Et les chaussures? demanda Mme Mercier.

– Certes, certes, et aussi les gants, les sacs et tout ce dont une jeune femme distinguée peut avoir besoin.

– Tout sera prêt à temps, promit Mme Mercier.

– Nous emportons la robe de mariée, faites-la empaqueter. Et miss Stanyon va mettre ce manteau. Il est coûteux mais le marquis ne discutera pas le prix!

– Et si nous lui demandions son avis? dit Melinda.

Les deux femmes la regardèrent, surprises. Elle était restée muette si longtemps qu'on avait presque oublié sa présence.

– Peut-être ne désire-t-il pas faire de telles dépenses! ajouta la jeune fille.

– Il sera enchanté, au contraire, je vous assure! répondit Mrs Harcourt sur un ton sans réplique.

Melinda sortit à sa suite, portant au bras le manteau bleu et un bonnet aux rubans assortis.

– Etes-vous fatiguée? lui demanda Mrs Harcourt dans la voiture.

– Je n'aurais jamais cru que choisir des vêtements pouvait être si épuisant! reconnut Melinda. Et puis, surtout, je meurs de faim!

– Je comprends! Pourtant il vaut mieux que je ne vous ramène pas chez moi car mes invités m'attendent. Vous devrez demander une collation chez le marquis de Chard. Si nous allions immédiatement à Grosvenor Square? Vous serez un peu en avance mais personne ne s'en plaindra.

– Oh! Mais je ne veux pas gêner... A quelle heure suis-je attendue?

– Ne vous inquiétez pas... (Mrs Harcourt prit la main de la jeune fille et ajouta :) Tout se passera très bien. Vous n'avez qu'à vous présenter dans ces beaux vêtements et demander à la femme de chambre de vous aider à passer votre robe de mariée. Lord Chard ou son ami le capitaine Vestey vous indiqueront le moment où vous pourrez me rejoindre.

– C'est très gentil à vous... commença Melinda.

– Il reste encore une chose, interrompit Mrs Harcourt. Lorsqu'on vous remettra les cinq cents guinées, suggérez donc au capitaine Vestey – je crois que c'est lui qui s'occupe de la partie financière de l'affaire – qu'il me les confie, à moi. Ce ne serait pas raisonnable de laisser une telle somme entre les mains d'une jeune fille de votre âge, ignorante de Londres et des dangers qu'on y court. Dites simplement au capitaine Vestey que la rémunération de vos services doit être versée sur le compte de Mrs Ella Harcourt. Vous en souviendrez-vous?

– Oui, madame... assura Melinda.
– Très bien! Conduisez-vous en jeune fille raisonnable et faites ce que l'on vous demande. Souvenez-vous que vous devez être tout à fait convaincante lors de la cérémonie. Sinon, lord Chard perdra son pari et vous, cinq cents guinées. Quel dommage, n'est-ce pas?
– Je serai aussi naturelle que possible! promit Melinda.
– Vous allez assister à un service de mariage, mais n'oubliez pas qu'il s'agit d'un jeu. Le pasteur n'en sera pas un, même s'il a l'air d'un ecclésiastique.
Melinda retint son souffle, en proie à une folle inquiétude... Qu'allait-elle faire? Dans quelle affaire s'était-elle fourvoyée? Quel danger courait-elle?
Depuis le matin, Melinda avait le sentiment d'un danger rôdant alentour. A présent, il lui semblait qu'elle allait au-devant de graves complications. Tout semblait simple, et pourtant trop de choses demeuraient incompréhensibles.
La voiture enfin s'arrêta. Melinda remarqua la grille d'une porte majestueuse et lança un regard inquiet à Mrs Harcourt.
– Ne craignez rien, ma chère! Vous pourrez revenir chez moi dès la fin de la cérémonie! Faites ce qu'on attend de vous, et tout ira bien.
Elle lui caressa la main d'un geste apaisant, et la portière fut ouverte par un valet de pied en livrée dont les boutons d'argent brillaient gaiement au soleil de l'après-midi. Melinda le suivit avec appréhension et gravit les marches recouvertes d'un tapis rouge.
Deux laquais ouvrirent la porte devant un maître d'hôtel grisonnant et majestueux qui s'avança vers elle.

– Vous êtes attendue, miss, prononça-t-il, avant même que Melinda n'ouvre la bouche. Voulez-vous me suivre?

Il la précéda dans un vaste hall aux murs de marbre et meublé avec élégance.

– La jeune dame, milord! annonça le maître d'hôtel d'une voix forte au seuil d'une vaste pièce, tapissée de livres.

Au fond, devant le manteau de la cheminée, Melinda aperçut deux hommes. L'un d'eux, très élégant, avec une moustache et une chevelure blondes, s'avança vers elle et lui tendit la main.

– Comme c'est aimable à vous d'être venue! Je me nomme Vestey, Gervais Vestey, et voici mon ami lord Chard, que vous avez promis d'aider.

Melinda regarda l'autre gentleman qui n'avait pas bougé. « Jamais encore je n'ai vu un si beau jeune homme, mais quel air arrogant! » Il était rasé de près et sa chevelure noire retombait sur un front large qui tout comme son menton carré trahissait une personnalité énergique. Ses yeux examinaient Melinda comme s'il avait eu devant lui un cheval de race et elle en ressentit de l'embarras. Oubliant la saisissante beauté du jeune homme, Melinda le trouva fort antipathique.

D'instinct, elle redressa la tête.

– Je me nomme Melinda Stanyon.

Alors lord Chard parut se souvenir de ses bonnes manières :

– Je vous remercie, miss Stanyon, de venir à mon aide. Je pense qu'on vous a expliqué pourquoi j'avais besoin de vous.

Melinda hocha la tête.

– Il ne reste d'ailleurs que peu de temps pour des explications, dit vivement le capitaine Vestey. Miss Stanyon va devoir se changer et vous-même devez passer vos habits de noces, mon cher Drogo.

– La correction nous ordonne d'offrir d'abord un verre à miss Stanyon, répliqua lord Chard. Autant célébrer joyeusement cette cérémonie, n'est-ce pas?

– En effet! admit Vestey. Que désirez-vous, miss Stanyon? Du champagne?

– Non, merci... Cependant, je prendrais volontiers une collation, si c'était possible. Même un simple sandwich fera l'affaire...

– Seigneur! N'avez-vous pas déjeuné? s'exclama Vestey. Bien sûr, nous allons vous faire servir immédiatement.

– Peut-être pourrait-on la monter dans la chambre où je dois me changer? suggéra Melinda.

Elle n'avait guère envie de manger sous l'œil attentif des deux hommes : le regard de lord Chard ne quittait pas la jeune fille, gênée et embarrassée. Un sourire ironique passa sur ses lèvres.

– J'espère que je jouerai mon rôle convenablement... murmura Melinda avec hésitation.

– Je n'en doute pas un instant! répliqua-t-il. Il suffit de vous voir pour en être assuré.

Une servante avait répondu au coup de sonnette du capitaine Vestey qui lui donnait maintenant ses ordres.

– Vous me semblez bien jeune... reprit lord Chard.

– J'espère que je ne le paraîtrai pas trop! Après tout, on peut se marier à seize ans...

– Vraiment? Je pense que vous n'avez jamais été mariée?

– Non, jamais!

– Et ne pensez-vous pas que le mariage vaudrait mieux que la vie que vous menez?

– N'importe quelle existence est préférable à certaines unions, répliqua Melinda avec véhémence en songeant au colonel Gillingham.

Il parut surpris par la fermeté de sa réponse :
– On dirait que vous avez peur du mariage!
– Oui, j'en ai très peur! reconnut Melinda.
– Dans ce cas, nous sommes deux! s'exclama lord Chard en riant. Alors, Gervais, ce champagne?
– Le voilà!
Vestey alla chercher une bouteille qui reposait dans un seau à glace et remplit trois coupes.
– Allons! dit-il. Buvons au succès de ce faux mariage!
Il tendit un verre à Melinda et, bien qu'elle n'aimât pas le champagne, elle n'osa pas refuser, de peur de paraître impolie.
– A la mariée! fit lord Chard en levant sa coupe.
– A vous deux! dit Vestey. Et puissiez-vous réussir!
Ils regardèrent Melinda et attendirent sa réponse.
– Au bonheur! dit-elle avec sincérité.
Elle but une gorgée de champagne et reposa sa coupe :
– Je dois aller me préparer maintenant, reprit-elle à l'adresse du capitaine Vestey. Cela me prendra un certain temps.
– J'ai mis une femme de chambre à votre disposition, répondit-il. N'oubliez pas que personne n'est au courant de cette affaire. J'ai simplement prévenu le maître d'hôtel que nous attendions une jeune dame. Maintenant, Drogo, je crois qu'il serait bon d'annoncer au personnel que vous allez vous marier car, dès que miss Stanyon aura passé sa robe, la nouvelle ne manquera pas de se répandre.
– Je vous en laisse le soin. Aussi bien pour le personnel qu'en ce qui concerne miss Stanyon.
– Parfait, alors, voilà ce que nous allons faire,

miss Stanyon. Nous allons expliquer que la maladie de la marquise douairière nous oblige à garder le mariage secret, ce que les domestiques comprendront fort bien. Nous leur demanderons, sur leur honneur, de se taire, car il est essentiel que les chroniqueurs n'aient pas vent de l'histoire. Dès que la douairière sera morte, il vous sera facile de disparaître. Nous leur dirons que vous avez été tuée dans un accident de voiture, par exemple.

– Mais qui donc est la douairière? demanda Melinda, et qu'est-ce que sa mort a à voir dans cette histoire?

– Je pensais qu'on vous avait expliqué tout cela! intervint lord Chard d'une voix courroucée.

– On m'a dit que vous aviez fait un pari et qu'il fallait que je joue assez bien la comédie pour convaincre ceux qui m'observeraient.

Le marquis et Vestey échangèrent un regard.

– En effet, c'est plus ou moins vrai et il s'agit d'un pari, dans un certain sens. Il y a beaucoup d'argent en jeu, et vous devez convaincre les assistants de ce simulacre de mariage.

– C'est ce que m'a raconté Mrs Harcourt, reprit Melinda avec soulagement. Je ne comprenais pas ce que vous vouliez dire.

– Aucune importance, je parle toujours trop! dit Vestey. Pensez seulement à votre rôle et laissez lord Chard et moi nous occuper du reste!

– Comme vous voudrez, murmura Melinda.

Elle se dirigea vers la porte puis brusquement s'arrêta :

– J'ai une requête à vous adresser. Quand vous me donnerez cet argent, les cinq cents guinées que vous m'avez promises, voulez-vous bien les remettre à moi-même et à personne d'autre?

– Mais naturellement! répondit Vestey.

Après un instant d'hésitation, Melinda reprit :

– Encore autre chose... Vous serait-il possible de les déposer en mon nom dans une banque?

– Rien de plus facile. Avez-vous un compte?

– Oh non! Mais mon père était client de la banque Coutts. Pouvez-vous déposer cet argent chez Coutts?

– Oui, ce sera fait. Vous ne pouvez pas, en effet, vous promener partout avec cet argent sur vous!

– Merci beaucoup! dit Melinda, avec un brusque sourire.

Elle regarda lord Chard comme pour l'inclure dans ses remerciements et il leva sa coupe vers elle.

– Vous êtes tout à fait charmante! Et extrêmement avisée! Nous allons très bien ensemble. Au moins, nous savons où nous en sommes!

Ces paroles au sens obscur firent mourir le sourire sur les lèvres de Melinda. Elle regarda un instant le marquis et se détourna pour partir. « Quel homme désagréable! Je plains celle qui deviendra sa femme! Il y a en lui comme une volonté cruelle et perpétuelle de blesser, de détruire. »

Durant un instant, Melinda oublia les cinq cents guinées et eut soudain envie de quitter cette grande maison pour chercher un moyen plus modeste de gagner sa vie. Mais le souvenir de Nanna l'arrêta : elle se vit, arrivant dans la petite maison où la vieille femme vivait humblement auprès de sa sœur, et lui annonçant qu'elle avait assez d'argent pour l'emmener avec elle. Ce serait si merveilleux!

Alors, d'une voix calme et résolue, Melinda annonça au capitaine Vestey :

– Je vais me préparer aussi vite que possible!

5

– Oh! Miss! Comme vous êtes belle!

La petite soubrette frappa dans ses mains, pleine d'admiration.

– Allons, en voilà assez, Gladys! gronda la femme de charge. Mais elle dit vrai, miss. Vous faites vraiment une mariée de rêve!

Melinda se contemplait dans le miroir, incrédule. Cette créature éthérée, drapée dans un immense voile en dentelles de Bruges, était-ce bien elle, Melinda? Elle était si menue, si fragile, que ses vêtements semblaient flotter autour d'elle, comme une gaze magique.

« Que ressentirai-je en cet instant, le jour où je me marierai vraiment? Un mariage avec un homme que j'aimerai... N'ai-je pas toujours souhaité tomber amoureuse? Me vouer à celui qui m'aimera et souhaitera me donner son nom... »

Ce qu'elle allait faire était impardonnable. Tourner en dérision un acte sacré...

Mais comment refuser cette farce sacrilège? Puis elle revit Nanna, si malheureuse auprès d'une sœur qu'elle n'avait jamais aimée. Bientôt elles pourraient vivre ensemble dans un petit cottage, et si un jour Melinda se mariait vraiment, Nanna la suivrait.

« Jamais plus je ne serai seule et perdue, comme par le passé, dans la maison de mon oncle. »

Les yeux embrumés par le souvenir de ce qu'elle avait enduré depuis la mort de ses parents, Melinda demanda :

– Voulez-vous informer Sa Seigneurie que je suis prête?

– Je vais « faire » prévenir Sa Seigneurie, répondit la femme de charge. Restez ici, Gladys.

Là-dessus, elle se retira afin de donner à un valet de pied l'ordre de prévenir le maître d'hôtel de faire avertir lord Chard.

Une fois cette imposante personne sortie, Gladys se mit à bavarder :

– C'est vraiment une honte, miss, que vous ne puissiez pas vous marier en grande pompe à Saint-George, dans Hanover Square. J'y vais souvent, mes jours de congé, pour voir les mariées et jamais il n'y en a eu d'aussi jolie que vous!

– Merci, Gladys, répondit Melinda en souriant. Mais vous savez, je détesterais me marier devant une foule d'inconnus occupés à me dévisager. Si j'avais le choix, j'aimerais me marier à la campagne, dans une petite église, seulement entourée des gens que j'aime.

– Quelle idée merveilleuse, vous avez mille fois raison, miss! reconnut Gladys. Ce n'est pas la même chose que de se marier dans une chambre à coucher, n'est-ce pas?

– Dans une chambre à coucher? répéta Melinda, surprise.

– Mais oui, vous ne savez pas? Le mariage doit avoir lieu dans la chambre de Sa Seigneurie, la marquise. Elle est si mal que miss Matthews, qui la soigne, pense qu'elle ne passera pas la nuit.

Un sentiment d'horreur envahit Melinda mais elle fit un effort pour n'en rien montrer. « Après tout, je ne suis pas responsable de ce qui se passe ici, je n'ai qu'à jouer le rôle de la mariée. Pourtant, ce pari est de fort mauvais goût, s'il met en cause une femme mourante.

» Lord Chard m'a fait bizarre impression et maintenant je le trouve franchement odieux! Je serai bien heureuse de prendre l'argent qu'il me doit et de quitter sa maison au plus vite. Et puis sa façon de me regarder me met si mal à l'aise... » Sans pouvoir s'expliquer pourquoi, Melinda en éprouvait comme un sentiment de honte.

– Je serai soulagée quand tout sera fini! dit-elle tout haut.

Gladys comprit les choses à sa façon :

– Bien sûr, miss, vous devez être intimidée! C'est normal! Mais Sa Seigneurie n'est pas aussi sévère qu'il le paraît, je peux vous le dire! Il est gentil avec son personnel, et à la campagne, tout le monde l'aime. Je peux vous le dire, parce que je suis née là-bas, sur le domaine. (Melinda ne répondit pas.) Bien sûr, on dit qu'il est plutôt violent. « L'impétueux Drogo », voilà comme on l'appelle... Oh! Miss! Je ne devrais pas vous parler comme ça! Je vous en prie, ne dites rien à miss Jones! Elle me renverrait à la campagne, si elle savait!

– Ne vous inquiétez pas, Gladys. Je ne répéterai rien de ce que vous m'avez dit!

– Mais, puisque vous l'aimez, tout ira bien, n'est-ce pas, miss? reprit la soubrette avec candeur.

– Certainement...

– Je savais que vous l'aimiez! s'exclama Gladys. Ma mère a toujours dit : « Attendez un peu que Sa Seigneurie rencontre une femme qui l'aime! » Maman dit aussi que s'il est sauvage c'est parce qu'il a été malheureux dans son enfance!

Melinda, en proie à diverses inquiétudes, écoutait à peine le bavardage de la jeune servante. Et s'il ne s'agissait pas d'un pari? Si elle refusait de se mêler à une véritable tromperie? Alors, le marquis ne la paierait pas et il ne réglerait pas non plus les notes de Mme Mercier...

Soudain la porte s'ouvrit et la femme de charge reparut.

– Sa Seigneurie vous attend dans le salon bleu, miss. Un valet va vous y conduire.

– Merci, dit Melinda. C'est aimable à vous de m'avoir aidée à m'habiller.

– Ce fut un réel plaisir, miss. Bonne chance. Nous espérons tous que vous serez très heureuse.

– Oh! Vous le serez, miss! s'exclama Gladys. C'est normal, vous êtes si gentille et si belle!

– En voilà assez, Gladys! dit sévèrement la femme de charge.

Melinda quitta la chambre et fut escortée par un valet de pied qui, comme dans toutes les grandes maisons, avait une stature imposante. Celui-ci semblait très jeune, mais savait déjà rester impassible.

– Par ici, miss, dit-il sur un ton cérémonieux, et il se mit à descendre lentement l'escalier d'honneur.

Quand il poussa la porte du salon bleu, Melinda s'arrêta, paralysée par la frayeur. Son cœur battait la chamade sous les dentelles et les rubans du corsage blanc.

« Pourvu que je ne me conduise pas comme une sotte! » pensa-t-elle.

Mais au fond d'elle-même, Melinda redoutait de revoir le marquis.

Lord Chard se tenait au milieu du salon, très élégant dans sa redingote sombre à col haut, agrémenté d'une large cravate de soie grise. Lorsque Melinda pénétra dans la pièce, lord Chard la détailla, et ne put s'empêcher de baisser les yeux. Puis elle attendit, très intimidée, que le silence qui l'avait accueillie fût rompu.

– Magnifique! s'exclama enfin le marquis. Vous ne pourriez pas être mieux! Je vous félicite, ma chère!

– Tenez, prenez une coupe de champagne! proposa le capitaine Vestey.

– Non, merci! dit Melinda. Je n'en veux plus. Je n'ai pas l'habitude de boire.

– Vous n'en avez pas l'habitude! s'exclama le marquis en riant. Ah! Vraiment! C'est parfait! Quelle actrice vous faites! Je devrais louer un théâtre et vous commanditer! Je ferais sûrement fortune!

Melinda lui jeta un coup d'œil furtif. « Il est vraiment aussi beau que déplaisant. Pourquoi doute-t-il de mes paroles? Le champagne coule-t-il à flots, telle une source intarissable, dans la société qu'il fréquente? »

– Si vous êtes prêts, nous pourrions monter, proposa Gervais Vestey. Le... La personne en question est arrivée.

– Oh! Déjà? fit le marquis. Alors, allons-y. Il ne faut pas laisser notre homme trop longtemps seul avec la marquise; elle pourrait avoir des doutes. Voyons, comment devons-nous faire notre entrée? Melinda à mon bras?

– Oui, je pense que ce serait le mieux. Le médecin recommande de parler aussi peu que possible à Sa Seigneurie. Il lui a donné un petit stimulant et il ne faut pas la fatiguer avant la cérémonie.

– Et avant la signature, n'est-ce pas? demanda le marquis.

Melinda l'observa tandis qu'il reposait son verre; il avait déjà beaucoup bu, c'était clair, mais sans être ivre, il avait, comme le disait plaisamment son père, « du vent dans les voiles ».

« Quelle chance que ce mariage ne soit qu'un simulacre! » songea Melinda, tandis qu'elle traversait le salon, à son bras. Ils suivirent ensuite un long couloir jusqu'à une double porte.

– Etes-vous prêts? demanda le capitaine Vestey. Vous êtes ravissante, Melinda. N'ayez pas peur, répétez seulement les mots du cérémonial et tout ira bien.

Melinda, incapable de répondre, approuva d'un signe de tête. Du bout de ses doigts posés sur le bras de lord Chard, elle devinait sa tension. « Cette mascarade signifie beaucoup pour lui! Mais quel enjeu peut émouvoir ainsi un homme de sa qualité? »

On ouvrit en grand la porte de la chambre qui était plongée dans l'obscurité, les stores abaissés devant les fenêtres. Cependant, au bout d'un instant, Melinda distingua, au fond de la pièce, un immense lit surmonté d'un dais. Sur cette couche, appuyée à d'innombrables oreillers, gisait une vieille dame, entourée de deux hommes, un médecin et un pasteur dont le surplis blanc mettait une note claire dans la pénombre.

Le couple avança dans un silence complet, jusqu'à l'autel, tandis que la malade les observait. Le pasteur commença à réciter le service d'une voix basse et rauque et Melinda devina qu'il était tendu et effrayé lui aussi; cependant, il jouait bien son rôle.

On abrégea beaucoup les prières qui débutaient le cérémonial et l'on en arriva au moment crucial :

– Alexandre Drogo Frederick John, voulez-vous prendre cette femme, Melinda, pour épouse, afin de partager pauvreté et richesse, maladie et santé, jusqu'à ce que la mort vous sépare?

Le marquis répéta soigneusement les mots consacrés d'une voix claire mais totalement dénuée d'expression. Alors, Melinda fut prise de panique car tout cela semblait trop vrai.

Elle évitait de regarder la malade, appuyée à ses oreillers, mais elle avait profondément conscience de sa présence, de l'attention qu'elle portait à la cérémonie, ainsi que de la nervosité des deux hommes, à son chevet. Elle trembla : jamais elle ne pourrait prononcer ces paroles qu'elle avait rêvé de dédier à celui qu'elle aimerait.

Le marquis dut sentir son trouble car il prit sa main et la serra. A travers ses mitaines de dentelle, Melinda sentit la pression de cette étreinte ferme qui lui redonna assurance et courage.

« Il craint que je ne le trahisse... » pensa-t-elle dans un sursaut d'orgueil, et elle se redressa, prête à jouer son rôle à son tour.

– ... pour la richesse et la pauvreté, dans la maladie ou la santé... je t'engage ma foi...

Sa voix était basse, mais claire. Melinda ferma les yeux, pour fuir en esprit loin de cette chambre, dans la petite église de campagne où elle avait été demoiselle d'honneur d'une de ses cousines.

Le pasteur bénit l'alliance que le marquis glissa à son doigt, puis leur donna sa bénédiction.

Melinda, agenouillée, pria Dieu de lui pardonner ce simulacre. Elle sentait qu'elle commettait un péché en s'y prêtant, mais elle avait tant besoin de cet argent, et son rôle était si court!

Elle priait encore quand le marquis, se relevant, l'incita à en faire autant.

– Vous sentez-vous mal? chuchota-t-il.

– Non, tout va bien!

Alors, il se tourna vers le grand lit.

– Drogo, n'oubliez-vous pas l'essentiel? demanda une voix éraillée et très faible, venant de l'ombre.

– C'est-à-dire, madame?

– D'embrasser la mariée. Vous savez bien que telle est la coutume!

Alors lord Chard se tourna vers Melinda et l'attira à lui. Pour éviter le contact de ses lèvres sur sa bouche, elle tendit sa joue, où le baiser glissa.

– Vous appelez cela un baiser? dit la vieille dame, avec un petit rire cassé. De mon temps, les hommes étaient plus exigeants!

– Voyons, dit le marquis, voulez-vous embarrasser ma femme?

– Non, bien sûr! Allons, venez ici, mon enfant!

– Ménagez-vous, madame! protesta le marquis en jetant un coup d'œil au médecin.

– Qu'importe, répliqua sa belle-mère, quand on est mourant! Allons, approchez, Melinda, puisque tel est votre nom!

Melinda ne put qu'obéir. Elle découvrit alors un pâle visage, marqué par l'âge et la maladie, mais qui conservait encore quelque vestige de beauté. La vieille dame la contempla.

– Ainsi, vous avez épousé mon beau-fils! Vous êtes une fille courageuse...

Melinda ne répondit pas et resta là, soumise à l'examen de la malade. Soudain, l'un des hommes qui se tenait au chevet de la vieille dame s'avança, plaça devant elle un grand document et dit :

– Je crois qu'il est temps de signer, milady, avant que vous ne soyez trop fatiguée.

– Ah, Drogo! Vous avez tenu votre parole! C'est bien, je vais tenir la mienne!

Et la douairière signa son nom au bas du parchemin. Melinda put entendre le discret soupir de soulagement du marquis lorsque la vieille marquise tendit la plume à l'homme de loi.

– Emportez cela! J'en ai fini avec les biens de ce monde!

– Je veillerai à ce que les volontés de Votre

Seigneurie soient exécutées. Puis-je me retirer?

– Oui, oui, partez! Voici venu le moment de me consacrer à ma famille, n'est-ce pas? (Elle regarda Melinda.) Vous êtes bien jeune! Saurez-vous tenir en main mon beau-fils? C'est encore un coursier impétueux qui tire sur sa bride!

– Je vous en prie, madame! dit hâtivement le jeune homme. Melinda est timide et impressionnée, n'est-ce pas normal?

– Elle ne sera plus timide très longtemps, en votre compagnie! (La vieille dame adressa un signe à Melinda et l'expression sarcastique de ses traits s'adoucit.) Venez plus près de moi... J'ai quelque chose à vous dire! A vous seule...

Melinda se pencha vers elle et les pans de son voile en dentelle retombèrent de chaque côté de son visage, isolant les deux femmes. Mais déjà l'effet du stimulant qu'on avait administré à la malade commençait à se dissiper. Affaissée contre ses oreillers, ses forces semblaient l'abandonner mais elle se raidit dans un sursaut de volonté.

– Soyez bonne avec lui, chuchota-t-elle si bas que Melinda seule pouvait l'entendre. Je ne l'ai jamais bien traité... Peut-être par jalousie... Je n'ai jamais eu de fils. Il lui reste... une petite chance d'être heureux... Aidez-le à la saisir...

– Oui, madame... promit Melinda.

Que pouvait-elle répondre d'autre?

– Vous me promettez... d'essayer?

La voix devenait si faible que Melinda l'entendait à peine.

– Promettez...

– Oui, je promets...

Les mots lui vinrent aux lèvres malgré elle et la vieille femme sourit en fermant les yeux. Alors Melinda se redressa et le médecin prit sa place.

– Sa Seigneurie s'est endormie, dit-il. Cette cérémonie de mariage l'a fatiguée, mais elle tenait absolument à y assister.

– Voulez-vous me faire prévenir aussitôt que son état évoluera? demanda le marquis.

– Bien entendu, milord.

Le marquis prit le bras de Melinda et l'entraîna hors de la chambre, Gervais Vestey sur leurs talons. Lorsqu'ils pénétrèrent dans la bibliothèque, le soleil baignait la pièce, et par les fenêtres, Melinda aperçut un jardin où chantait une fontaine. Le contraste avec la pièce sombre d'où ils venaient était si saisissant que Melinda sut qu'elle n'oublierait jamais cet instant.

– Pour l'amour de Dieu, donnez-moi à boire! dit le marquis à Gervais Vestey.

Lui aussi, debout devant la croisée, contemplait maintenant les parterres.

– Un verre, Melinda? demanda Vestey. Vous n'allez pas refuser, à présent.

– Je voudrais un peu d'eau.

– Oh! Vous n'avez plus à jouer la comédie, maintenant que nous sommes seuls! dit brusquement le marquis. C'est entendu, vous avez été parfaite! Mais le rideau est tombé! Et je serais curieux de savoir ce qu'a bien pu vous dire ma belle-mère, en si grand secret?

– Quelque chose qui ne vous intéresse pas. Le dernier désir d'une femme mourante.

Ils se dressèrent face à face, en s'affrontant du regard. Le marquis, le premier, détourna les yeux.

– Vous le prenez de bien haut! dit-il d'une voix dure. On vous a demandé de faire un certain travail, et vous l'avez exécuté à merveille, mais ce n'est pas une raison pour fureter dans mes affaires privées!

– Loin de moi cette intention!

– Allons, Drogo! intervint Vestey. Nous sommes tous nerveux, c'est naturel, car ce spectacle n'avait rien de réconfortant. Cela me rappelle que je dois raccompagner Freddie : il ne faut pas que notre homme s'attarde trop dans la maison...

– Oui, vous avez raison. N'oubliez pas de le payer!

Comme Vestey quittait la pièce, Melinda, qui ne souhaitait pas demeurer seule avec lord Chard, déclara :

– Je voudrais aller me changer avant de prendre congé.

– Non! Non! Pas encore! s'exclama Vestey sur le seuil de la porte. Mrs Harcourt ne vous a donc pas expliqué que vous devez rester ici jusqu'à la mort de la marquise? La douairière pourrait souhaiter vous revoir et trouverait étrange que vous ne soyez pas dans la maison!

– Je comprends. Mais quelle attente éprouvante!

– Cela ne vous concerne en rien, intervint le marquis. Cette vieille dame n'est pour vous qu'une inconnue, une étrangère.

– Il s'agit d'un être humain, qui a été jeune et a aimé la vie. Maintenant que c'est la fin, elle n'est plus qu'une personne en train de mourir : c'est toujours triste et peut-être même un peu effrayant.

Les deux hommes, interdits, ne répondirent pas. Vestey sortit finalement et le marquis s'installa dans un fauteuil, près de la cheminée.

– Vous êtes une étrange personne, commença-t-il d'un ton plus doux. Approchez, je voudrais vous parler.

– Permettez-moi d'aller me changer!

– Ce n'est pas si pressé. D'ailleurs, cette toilette vous va à ravir! Mais vous le savez bien, naturellement!

Melinda regarda le frêle assemblage de satin, de rubans et de dentelles.

– C'est une belle robe, la plus belle que j'aie jamais vue...

– Vous êtes bien jeune, reprit le marquis en l'observant. Pourquoi donc menez-vous cette vie-là?

Melinda pensa qu'il faisait allusion au rôle de mariée qu'elle venait de jouer.

– J'ai besoin d'argent!

– L'argent! Toujours l'argent! gronda lord Chard. Une jolie fille comme vous ne saurait s'en passer, n'est-ce pas? (Comme Melinda ne trouvait rien à répondre, il ajouta :) Pourquoi m'en plaindrais-je? Je vous suis très reconnaissant. Ella Harcourt n'aurait pu mieux choisir!

– Merci! murmura Melinda. Maintenant, je vais aller changer de toilette.

– Oh! J'ai parfaitement compris que vous ne teniez pas à ma compagnie!

– Excusez-moi, balbutia Melinda en rougissant. Je ne voudrais pas paraître impolie. Cependant, nous ne sommes pas appelés à nous revoir et je crois qu'il vaudrait mieux oublier cette fausse cérémonie.

– Que voulez-vous dire?

– Ce simulacre de mariage... Vous savez, il me semble que ce n'était pas bien... Tromper ainsi une mourante! En venant ici, j'imaginais qu'il s'agissait d'un pari et je n'arrivais pas à comprendre comment votre belle-mère pouvait s'y trouver mêlée. A présent, je vois qu'il s'agissait de tout autre chose.

– Au point où nous en sommes, vous pouvez aussi bien me faire part de vos soupçons! ironisa le marquis.

– Eh bien! Arrêtez-moi si je me trompe : l'homme qui ressemblait à un notaire détenait le testament de votre belle-mère, et elle l'a signé après la cérémonie du mariage, vous léguant ainsi, je suppose, beaucoup d'argent.

– Vous êtes très fine! répondit amèrement le marquis. Et maintenant, qu'allez-vous faire? Vous comptez me faire chanter?

– Je ne sais même pas de quoi vous parlez!

– Non, je m'en doute! Vous êtes en train de penser que, si je n'accède pas à vos exigences, vous pourrez toujours remonter l'escalier pour mettre ma belle-mère au courant. Elle aura ainsi une chance de révoquer son testament!

D'un bond il fut auprès d'elle, la dominant de sa haute taille, ses yeux sombres étincelant de colère.

– Vous jugez les autres d'après vous-même, lord Chard, dit froidement Melinda. Votre attitude est méprisable et je ne souhaite qu'une chose : quitter votre maison au plus tôt pour ne jamais vous revoir!

Sur ce, Melinda lui tourna le dos et ses petits talons frappèrent le sol, tandis qu'elle gagnait le hall.

– Mais que diable... commença le marquis.

La porte se referma tandis que les pas de Melinda s'éloignaient dans le couloir. Chard resta là, pensif, jusqu'au moment où le capitaine Vestey revint.

– Melinda est allée se changer? demanda-t-il.

– Où avez-vous pêché cette fille? s'écria brusquement le marquis.

– Où? Mais chez Kate! Il faut dire qu'elle est sensationnelle! On dirait une vraie dame!

– Je n'y comprends rien! Elle a compris que l'affaire allait me rapporter une fortune et j'ai cru qu'elle allait tenter un chantage... Mais c'est qu'elle l'a pris de très haut!

– A vrai dire, vous vous êtes montré très désagréable avec elle depuis son arrivée! Je sais combien vous êtes nerveux, mais ce genre de femme aime à être courtisée!

– Ce n'est justement pas « ce genre de femme »!

– Qu'importe! Si elle essayait de vous jouer un mauvais tour, Kate y mettrait bon ordre!

– Oui, sans doute... fit le marquis avec réticence.

– Allons, Drogo! Réjouissez-vous! Votre plan vient de réussir, alors qu'il semblait impossible!

Après un instant de silence, lord Chard avoua :

– Vous n'allez pas me croire, mais cette fille m'a tenu certains propos qui m'ont mis fort mal à l'aise! Je me suis pris pour un voleur!

Vestey, surpris, le dévisagea.

– Vous plaisantez, Drogo! Cela ne vous ressemble guère! Si vous avez le moindre scrupule à avoir trompé la marquise douairière, souvenez-vous de la façon dont elle vous a toujours traité. Elle a supprimé votre pension, vous a obligé à vendre vos chevaux de selle pour payer vos dettes; et pour finir, elle vous a brouillé avec votre père! Je n'aurais pu le croire si je n'en avais été le témoin! J'avais horreur de vous accompagner à Chard! La marquise avait une façon de vous parler!

– Oui, c'est vrai... Mais, à présent, elle est mourante et je n'aurais pas dû la duper ainsi...

– Les moribonds ne sont pas tous des saints! protesta Vestey. Elle n'a pas changé et si demain la marquise guérissait, elle révoquerait son testament et vous garderait sous sa férule pendant encore une bonne vingtaine d'années!

Lord Chard ne répondit pas et caressa sans boire son verre de cognac.

– Oh! Assez! s'exclama Vestey. Je me demande bien ce que cette petite sotte a pu vous raconter pour vous bouleverser ainsi! Rappelez-vous que votre belle-mère n'a pas agi autrement quand votre père est mort. Elle a manœuvré pour qu'il signe son testament au dernier moment, afin d'hériter de tout son argent! Il était à peu près inconscient quand il a signé! Si vous n'aviez pas agi aujourd'hui, Chard serait mis en vente demain! Songez seulement à ceux qui vivent sur le domaine depuis des générations!

– Oui, je sais que j'aurais perdu Chard...

– Alors, de quoi vous inquiétez-vous? La méthode employée est peut-être discutable, mais le but est légitime, voilà ce qui compte. Pensons un peu à l'avenir! Dès que possible, nous irons à Paris, qu'en dites-vous? Cela vous distraira!

– Il faut qu'elle parte au plus tôt! s'exclama tout à coup le marquis.

– Que voulez-vous dire?

– Cette fille! Il faut qu'elle retourne chez Kate! Quelle étrange personne, elle ne souhaite rien de plus que l'argent qu'elle a gagné. Vraiment, je ne la comprends pas!

6

Au cours du dîner, Melinda ne put détacher ses pensées de la vieille dame en train d'affronter la mort; aussi ne prêta-t-elle qu'une oreille distraite à la conversation.

Le marquis, quant à lui, affichait une humeur morose. Il refusa presque tous les plats mais, en revanche, laissa le sommelier remplir fréquemment son verre.

Le capitaine Vestey faisait de son mieux pour soutenir la conversation mais au bout d'un moment, il y renonça. Comme on apportait une superbe corbeille de fruits il demanda encore :

– Sont-ce les fruits des vergers de Chard?

– Evidemment! Pensez-vous que je puisse manger ce que l'on vend dans les boutiques? répliqua le marquis avec agacement.

En désespoir de cause, Gervais Vestey proposa :

– Et si nous allions à la réception de Sebastian? Nous ne pouvons pas rester ici, figés dans ces fauteuils à attendre la nuit! Après tout, personne ne connaît l'état de santé de votre belle-mère!

– Cela pourrait faire mauvais effet!

– Oh, voyons! Qui le saura? Et puis, cela distraira un peu Melinda!

– Vous pensez l'emmener avec nous? s'exclama le marquis, comme si Melinda eût été absente.

– Pourquoi pas? Elle rencontrera peut-être quelques-uns de ses amis!

– Je n'en ai aucun à Londres! coupa la jeune fille.

– Alors, il est temps de vous en faire! répliqua Vestey avec entêtement.

– Très bien, dit le marquis en se levant. Allons-y!

– Mais, milord, le porto? intervint le maître d'hôtel, visiblement choqué. Vous ne voulez pas que je serve le porto?

– Non, pour ce soir rien de plus! trancha le jeune homme, comme s'il venait de prendre une décision importante.

Melinda retint un sourire sur ses lèvres devant la mine scandalisée du maître d'hôtel. On n'avait pas respecté la tradition qui voulait que la jeune femme se retire au salon, tandis que les messieurs savouraient leur porto dans la salle à manger!

– Vous aurez besoin d'une cape, pour sortir! fit remarquer Vestey à Melinda.

– C'est vrai, je cours en chercher une.

« Dire que j'avais pensé me trouver, ce soir, dans quelque modeste pension de famille, pour épargner les pièces d'or prises dans le secrétaire de ma tante, songea-t-elle une fois dans sa chambre. Au lieu de cela, je viens de dîner en grand apparat, et les plus importantes réceptions de sir Hector semblent bien mesquines comparées au service de cette maison. Le marquis doit être très riche... conclut-elle, et ses derniers remords concernant la note de la couturière s'envolèrent.

« Mais pourquoi évite-t-il ainsi de me regarder? Pourquoi a-t-il accepté de mauvaise grâce de m'emmener dans le monde? A-t-il mauvaise conscience? Songe-t-il à ménager ma réputation? J'en doute... »

Après tout, dans cette étrange ville où elle ne connaissait personne, Melinda pouvait bien se permettre une légère inconséquence de conduite.

« Nanna disait toujours qu'il y a des épines aux plus belles roses! se rappela-t-elle en s'adressant une grimace dans la glace. Et l'épine, c'est l'attitude du marquis. »

Melinda ne parvenait pas à s'expliquer son comportement : on aurait dit qu'il la méprisait et, en même temps, qu'il souhaitait se rapprocher d'elle.

« Mais, après tout, pourquoi se tracasser? Je viens de gagner cinq cents livres. Nous pourrons vivre, Nanna et moi, sans souci d'argent pendant un an ou deux. »

Melinda refusait de penser que la pauvre vieille marquise n'en avait plus pour très longtemps mais, en même temps, elle souhaitait quitter cette maison, et oublier lord Chard.

Elle se rendit compte, soudain, qu'elle était restée à se contempler dans le miroir. Pourtant, elle n'avait pas prêté attention à l'élégance de sa robe neuve, ni à sa coiffure, mais plutôt à l'inquiétude reflétée par ses yeux sombres.

– Libre! chuchota-t-elle. Je veux être libre!

Elle s'était enfuie de la maison de son oncle, qui ne viendrait jamais la rechercher à Grosvenor Square! Elle avait échappé à ce répugnant mariage avec le colonel Gillingham, puis saisi la chance de gagner une grosse somme d'argent. Bientôt, elle partirait pour le Sussex, pour retrouver la chaleur rassurante de l'affection de Nanna.

A cette idée, Melinda sourit et, saisissant une cape dans sa garde-robe, descendit vivement l'escalier, telle une jeune fille courant à son premier bal. Ce n'est que dans le hall que Melinda découvrit que sa cape, d'un bleu pâle, était garnie d'hermine. Une fantaisie coûteuse de Mrs Harcourt!

Le capitaine Vestey prit le vêtement qu'il drapa sur ses épaules :

– Vous êtes ravissante!

– Vraiment? dit Melinda, candide.

Elle ne put s'empêcher de rougir quand il répondit :

– Allons, vous vous êtes sûrement admirée dans un miroir! On ne saurait y refléter une image plus charmante!

– Merci...

Ces compliments, les premiers qu'elle reçût, lui semblaient agréables. Pourtant, sans bien savoir pourquoi, elle les trouvait un peu trop familiers.

– La voiture est avancée, milord!

La voix forte du maître d'hôtel arracha Melinda à ses réflexions. Elle monta dans un élégant coupé fermé, tiré par deux chevaux gris qui portaient au front des bouquets de plumes noires. La jeune fille regarda à peine le marquis, assis à son côté, et Gervais Vestey, son vis-à-vis, mais elle s'exclama :

– Quels magnifiques chevaux! Pourrai-je visiter vos écuries, demain... si je suis encore là?

– Certainement, dit le marquis. Etes-vous bonne cavalière?

– J'ai appris à monter dès l'âge de trois ans!

– Alors Drogo vous prêtera l'une de ses montures et si vous êtes aussi ravissante en tenue de cheval qu'en robe du soir, vous éclipserez lady Quille elle-même! intervint Vestey.

– De qui parlez-vous?

– Vous ne connaissez pas la fameuse lady Quille?

– Non, je l'avoue... Quel nom étrange!

– Allons, fit le marquis, agacé, vous n'allez pas nous faire croire que vous ne connaissez pas la célèbre Caroline Walters, qu'on surnomme « lady Quille »?

– Mais si! Je n'ai jamais entendu parler de cette personne! assura Melinda, mais elle sentit que le jeune homme ne la croyait pas.

– Vous savez, je finirai par vous prendre pour une menteuse accomplie!

Le ton du marquis, plus encore que ses paroles, était offensant et sous l'affront Melinda redressa son petit menton :

– Pardonnez-moi, milord, mais je ne vois pas pourquoi vous me parlez ainsi! Je vous assure que je dis la vérité. J'ignore qui est miss Caroline Walters, si tel est son nom, ou « lady Quille », comme vous la nommez aussi.

Le marquis se renversa sur les coussins de la voiture, un odieux sourire aux lèvres.

– Oh! Assez, Drogo! s'exclama le capitaine. Vous vous conduisez comme un véritable ours! Si Melinda affirme qu'elle ne connaît pas lady Quille, c'est sûrement vrai!

– Je n'aime pas être pris pour un idiot!

– Pourquoi me traitez-vous comme une menteuse? Sachez que je ne le supporte pas!

– Naturellement! dit Vestey. Allons, Drogo, excusez-vous! Vous êtes dans votre tort, et vous le savez!

– Si Melinda dit la vérité, c'est un véritable phénomène, non?

– Pourquoi donc, Drogo? En tout cas, Melinda a maintenant entendu parler de lady Quille et nous pourrons, à l'occasion, présenter ces dames l'une à l'autre!

– Et lady Quille prétendra qu'elle n'a jamais entendu parler de Melinda!

– Mais bien sûr! Elle ne me connaît pas... D'ailleurs je n'ai aucune envie de me rendre à cette réception. Je vous en prie, laissez-moi revenir à la maison avec votre voiture!

– Pas question! s'exclama le marquis. Je suis certain que vous redoutez cette confrontation avec Caroline Walters, qui ne manquera pas de vous reconnaître et de vous accueillir à bras ouverts!

– Vous pensez vraiment que je cherche à me dérober?

– N'est-ce pas la vérité?

– Pas du tout!

– Nous vous croyons! s'exclama Vestey, d'un ton apaisant.

– Je ne comprends rien à tout cela, répéta Melinda.

– Moi non plus! dit à mi-voix le marquis.

Melinda soupira d'impatience. Pourvu qu'elle n'ait pas à supporter encore longtemps la compagnie de lord Chard! Il devenait parfaitement exaspérant.

Par chance, ils s'arrêtèrent bientôt devant la maison où se donnait la réception; la lumière du hall inondait le trottoir.

Melinda fut soulagée en découvrant cette demeure riche et somptueusement meublée. Un instant, elle avait craint que lord Chard et Vestey ne l'entraînent dans un de ces lieux nocturnes mal fréquentés dont elle avait entendu parler. Evidemment, jamais deux gentlemen n'auraient agi ainsi, mais Melinda les trouvait fort étranges, car ils ne se conduisaient pas du tout comme les jeunes gens qu'elle avait pu rencontrer jusqu'à présent. Peut-être alors auraient-ils été capables de l'entraîner dans un lieu où une dame ne peut pas se montrer? Heureusement, cette maison était une demeure privée.

Melinda traversa un hall immense, somptueusement illuminé; un maître d'hôtel ouvrit devant elle les portes d'une vaste salle à manger.

Au beau milieu de la pièce, était dressée une table d'au moins trente couverts. La lumière des chandeliers, entre les surtouts d'argent, et des lustres était plus vive encore que celle de l'entrée. Les invités venaient d'achever leur repas, et le dessert n'avait pas été desservi.

– Chard! Quel plaisir de vous voir!

Un jeune homme, placé au haut bout de la table, se leva pour les accueillir.

– Comme c'est aimable d'être venus! Avez-vous dîné? Vous prendrez bien du porto! Et la jeune dame voudra un peu de champagne, je présume?

Il prit la main de Melinda pour la faire asseoir près de lui; elle s'étonna qu'il n'ait pas attendu que l'on fasse les présentations, quand il fit signe aux laquais d'apporter des chaises.

Une fois les convives installés et les verres remplis, Melinda, curieuse, regarda alentour; elle fut d'abord frappée par le bruit. Jamais elle n'avait assisté à une réception si bruyante! Au fond de la pièce, dans une alcôve, un petit orchestre jouait mais on n'entendait qu'à peine la musique.

Puis Melinda, stupéfaite, observa les femmes présentes. Elle se savait ignorante de la dernière mode. Pourtant, comment ces dames pouvaient-elles user à ce point de maquillages divers, et oser des décolletés si profonds?

Soudain, des rires fusèrent et un couple se leva, retenant l'attention des autres invités. L'homme posa sur sa tête une assiette à dessert; alors la femme, retroussant ses jupes, lança sa jambe en l'air et manqua de peu la fragile porcelaine.

Les rires éclatèrent, les encouragements reprirent de plus belle :

– Encore! Essayez encore! Trois contre un qu'elle la manquera!

Mais, au second essai, la femme réussit : le bout de son soulier envoya la délicate assiette en porcelaine de Chine contre un mur, où elle se brisa.

– Bravo! Encore, Dora! Je parie vingt guinées qu'elle manque le premier essai!

Melinda était cramoisie de honte. Jamais, dans ses rêves les plus fous, elle n'aurait pu imaginer une dame se donnant ainsi en spectacle à un dîner! Les messieurs, pourtant, réclamaient une seconde exhibition. Dora, en se penchant, fit glisser plus bas encore son décolleté et, levant la jambe, montra jusqu'aux dentelles cachées sous ses jupons.

Melinda ferma les yeux, profondément humiliée. Cependant, Dora manqua l'assiette, s'affaissa sur une chaise et murmura :

– Ah! J'en ai le souffle coupé... Vite... Donnez-moi à boire!

« Quelle voix vulgaire! » songea Melinda, désemparée; elle comprit alors qu'elle n'aurait jamais dû se trouver mêlée à une réception de ce genre, et se demandait que faire, quand leur hôte s'exclama :

– Allons, quittons la table! Dora fera un autre essai plus tard!

Une foule de laquais s'avança, et les convives se levèrent. C'est alors que la voix du marquis résonna à son oreille :

– Lady Quille, je ne pense pas que vous ayez déjà rencontré Melinda Stanyon? C'est une nouvelle venue, en quelque sorte!

Une ravissante jeune femme, habillée avec élégance, sans la moindre vulgarité, venait à eux. Sa chevelure blonde, vaporeuse, encadrait un visage délicat, d'une beauté classique. Melinda tendit la main mais, sans même la regarder, « lady Quille » s'exclama :

– Alors, que diable, où étiez-vous passé, jeune chenapan? Ça fait un sacré bout de temps qu'on ne vous a pas vu!

Melinda en resta bouche bée. Une dame s'exprimer ainsi! Mais « Quille » continuait son manège, bien décidée à séduire le marquis. Elle se penchait vers lui, révélant la perfection de ses épaules, et ses yeux bleus, langoureux, plongeaient dans les siens.

Personne ne semblait s'occuper de Melinda. Elle regarda alentour, désirant gagner la sortie. Elle ouvrit une porte, au hasard, et pénétra dans un charmant boudoir décoré de meubles français et de tapis d'Aubusson qui donnaient à la pièce un air de paix.

Melinda s'enfonça dans un fauteuil, cherchant à comprendre ce qui se passait. Jamais une personne de qualité ne serait venue à une réception de ce genre. Sa mère aurait été horrifiée par cette femme qui dénudait sa jambe autant que par la voix croassante de lady Quille!

« Voilà ce que sont les soirées masculines! Alors pourquoi, mais pourquoi donc le marquis et le capitaine Vestey ont-ils insisté pour m'y emmener? Ils m'ont traitée comme une personne sans importance, bien sûr, comme l'oncle Hector. Ils ont payé et pensent pouvoir maintenant me traiter de la sorte. »

Melinda en était mortifiée. Bien sûr, aucune jeune fille n'aurait accepté de l'argent pour jouer un rôle, ou obtenir des vêtements neufs. Seulement, aucune dame convenable n'était non plus fouettée comme un chien rétif et obligée de s'enfuir pour sa sauvegarde avec une poignée de guinées en poche.

Elle n'était rien... Une enfant sans défense, misérable, qu'on pouvait commander comme une servante...

Soudain la porte s'ouvrit et Melinda se leva d'un bond. Un jeune homme entra, cigare à la main et, surpris, haussa les sourcils en découvrant Melinda.

– Oh! j'espère que je ne vous importune pas! (Comme elle ne répondait pas, il reprit :) Attendez-vous quelqu'un, ou bien en avez-vous assez de cette réception?

– Je... J'ai la migraine!

– Oh! Comme c'est désagréable! Cela m'arrive, à moi aussi... Mais voyons, je ne veux pas vous déranger. Asseyez-vous donc! Je suis venu ici pour allumer mon cigare, mais je n'en ferai rien! Cela aggraverait votre malaise.

– Mais faites, je vous en prie!

– Pas du tout! Laissez-moi me présenter : je m'appelle Hartington.

– Le marquis d'Hartington? Il me semble que j'ai entendu parler de vous.

– Oh! Les journaux se sont beaucoup intéressés à moi, en prétendant que j'aime beaucoup le jeu de quille! répondit-il avec un sourire triste. Vous comprenez la plaisanterie? Je préfère ne pas m'en préoccuper!

– Vous trouverez lady Quille dans la salle à manger, se contenta de répondre Melinda.

– Tiens, déjà? Elle m'avait dit qu'elle viendrait plus tard. Qui l'accompagne?

– Je ne sais pas. Je l'ai vue parler avec lord Chard.

– Chard? Oh! Encore lui! pesta lord Hartington, l'air sombre. Je commence à me demander si elle ne le trouve pas trop à son goût! Qu'en dites-vous?

– Je... je n'en sais rien!

– Si c'est le cas, j'étranglerai ce garçon! fit

lord Hartington avec emphase. Dites-moi, avez-vous jamais été amoureuse?

Melinda secoua la tête.

– Eh bien, ne le soyez jamais! C'est très contrariant, je peux vous l'affirmer! On se sent à la fois follement heureux et tout à fait misérable... Evitez le piège de l'amour, voilà le conseil que je vous donne!

– J'essaierai de le suivre!

Alors, pour la première fois, il la regarda avec une certaine attention :

– Vous n'avez aucune chance de réussir car vous êtes beaucoup trop jolie! Les hommes doivent être fous de vous, et, un jour ou l'autre, vous tomberez amoureuse, vous aussi!

– Je ferai de mon mieux pour éviter ce malheur!

– Et moi, de mon mieux pour m'en sortir! dit lord Hartington, en éclatant de rire. Allons, donnez-moi la main! J'ai votre parole! C'est entendu?

– Je vous le promets! fit Melinda en souriant.

Il prit sa main et la porta à ses lèvres d'un geste gauche et maladroit, mais il semblait sincère et sympathique.

A cet instant, lord Chard entra dans le salon.

– Oh! Vous étiez cachée ici! Je suis désolé de voir que cette soirée ne vous plaît pas...

Sa voix sonnait désagréablement et Melinda se sentit quelque peu coupable :

– J'avais la migraine...

– Je vois... Bonsoir, Hartington! Lady Quille vous attend à côté. Du moins, c'est ce que j'ai cru comprendre!

– Elle m'attend! s'exclama Hartington, tout joyeux. Je cours la rejoindre. (Il se tourna vers Melinda :) Bonsoir et n'oubliez pas votre promesse!

– Je n'oublierai pas!

Lorsqu'il fut parti, Melinda observa Chard qui évita de lui rendre son regard. Il alla jusqu'à la cheminée et contempla les flammes, le dos tourné.

– Je me demandais pourquoi vous aviez quitté ainsi la salle à manger! dit-il.

Elle faillit lui avouer la vérité, mais changea d'avis :

– J'avais la migraine, répéta-t-elle. Il faisait vraiment trop chaud dans cette pièce.

– Et par chance, vous avez rencontré ici lord Hartington! Avez-vous pris rendez-vous?

– Quelle idée! Je ne l'avais jamais vu avant ce soir! Il est entré ici pour allumer son cigare et m'a trouvée assise là, dans ce fauteuil.

– Et tout naturellement, vous lui avez fait ensuite une promesse? Serait-il indiscret de vous demander laquelle? reprit le marquis, narquois.

« De quel droit me parle-t-il ainsi? De quoi m'accuse-t-il? se demanda Melinda avec une brusque colère. J'ai accepté de lui rendre service contre argent comptant, mais il ne m'a pas pour autant achetée corps et âme! » Elle s'efforça de donner à sa voix une intonation glaciale :

– Il me semble, milord, que cette promesse, comme vous dites, ne vous regarde pas!

– Je suis ravi de l'apprendre! fit-il, toujours aussi sarcastique. Je craignais que vous ne soyez engagée ailleurs avant d'en avoir fini avec vos devoirs envers moi!

– Sachez, milord, que je sais me comporter convenablement. Je n'ai pas l'habitude de manquer à ma parole, envers qui que ce soit.

La colère faisait trembler sa voix et leurs regards se croisèrent tel le fer de deux duellistes qui attendent le moment d'attaquer. Brusquement, le marquis capitula :

– Allons, restons-en là! Demain, cette ridicule farce sera terminée, et vous serez libre!

– Je souhaite vivement que tout soit fini au plus tôt! répondit Melinda.

« N'est-ce pas monstrueux de souhaiter du même coup la mort d'une personne? » songea-t-elle aussitôt, profondément troublée.

– Et en attendant le moment délicieux où vous retrouverez votre liberté, permettez que je vous distraie! persifla le marquis. Puis-je vous emmener au Cremorne, ou chez Motts? A moins que vous ne préfériez une autre compagnie que la mienne? Je peux très bien arranger cela, si vous le désirez!

– Si vous n'y voyez pas d'inconvénient, j'aime mieux rentrer me coucher! Je crains n'être pas d'humeur à m'amuser comme vous l'entendez!

Soudain le jeune homme changea de ton :

– Comme c'est curieux! Dans la salle à manger, quand cette femme s'est donnée en spectacle, j'ai eu l'impression que vous étiez scandalisée. Encore vos talents d'actrice?

– Que vous importe! Vous m'avez payée pour faire un certain travail! Mes sentiments ne vous regardent pas!

– Pourtant, je voudrais savoir, s'entêta-t-il. Etiez-vous choquée, à cet instant-là?

– Oui, dit-elle froidement, je l'étais!

– Mais, enfin, pourquoi...?

Le capitaine Vestey interrompit le marquis en entrant brusquement dans la pièce :

– Ah! Vous êtes là, Drogo! Je me demandais où vous étiez passés, tous les deux! Il y a un tel tapage à côté! Il aurait mieux valu que vous ne vous montriez pas dans un endroit pareil, ce soir.

– En fait, je n'ai pas le cœur à m'amuser; je voulais seulement divertir Melinda.

– Ah! oui, bien sûr... fit distraitement Vestey. Ne

croyez-vous pas qu'il vaudrait mieux rentrer à la maison, Drogo? Bien sûr, si vous voulez aller ailleurs... Mais il me semble...

– Epargnez-moi vos sermons! C'est entendu, notre place n'est pas ici! Nous allons rentrer, et constater où en sont les choses...

Le retour se fit dans un silence oppressant. A peine pénétrèrent-ils dans le hall de Grosvenor Square que le maître d'hôtel annonça :

– Le médecin vous cherche, milord. Sa Seigneurie vient de s'éteindre. J'ai envoyé chercher Mr Smithers, en pensant que Votre Seigneurie l'aurait souhaité.

– Oui, c'est très bien, dit le marquis.

Sans regarder Melinda ni Vestey, il monta lentement à l'étage.

– J'ai préparé des sandwiches et des boissons dans le petit salon, milady, murmura le maître d'hôtel.

Melinda eut beaucoup de mal à dissimuler sa surprise en le voyant s'adresser à elle comme à la nouvelle maîtresse de maison.

– Merci! balbutia-t-elle en le suivant.

Un joli feu flamblait dans la cheminée du salon; Melinda s'en approcha et tendit ses mains vers les flammes. La frayeur lui glaçait le corps. Ainsi, le moment terrible était arrivé... La mort venait d'entrer dans cette riche demeure...

– Voulez-vous me permettre de vous offrir un verre? demanda le capitaine Vestey.

– Non, merci!

– Un peu de champagne? Vous êtes toute pâle. Un sandwich?

– Je n'ai besoin de rien, merci! répéta Melinda. Peut-être un verre de limonade...

– Cela ne vous remontera pas beaucoup! dit le

capitaine, qui remplit pourtant le verre demandé. Je ne sais si vous êtes comme moi, mais j'ai horreur de voir des objets cassés! Cela doit venir du sang écossais que je tiens de ma mère. Ces assiettes en porcelaine de Chine étaient ravissantes. Elles devaient valoir une fortune!

Melinda comprit qu'il avait dû se passer beaucoup de choses, après son départ de la salle à manger.

– Pourquoi donc Sebastian, si tel est le nom de notre hôte de ce soir, donne-t-il ce genre de réception?

– Vous ne le connaissez pas? Sebastian Hedley est bien à plaindre. Sa femme, qui a perdu l'esprit, demeure dans une maison de santé, le divorce est donc impossible. Il n'a pas d'enfants, et, naturellement, aucun espoir d'en avoir. La seule chose qui le divertit un peu, c'est de donner des réceptions comme celle de ce soir.

– C'est très triste...

– Oui, sans doute! Mais ses fêtes sont parfois réussies. Cette fois, à mon avis, les choses sont allées trop loin. (Un bruit de pas résonna alors dans le hall et Vestey jeta un coup d'œil par la porte.) Smithers vient d'arriver.

– Qui est-ce?

– L'homme de loi! Vous avez dû le remarquer, pendant la... cérémonie?

– Ah! Celui qui a donné à la marquise le testament à signer?

– Voilà! J'espère qu'il a ramené le document. Dès que Drogo saura ses affaires arrangées, nous serons tranquilles!

– Vous croyez qu'il me faudra partir cette nuit? s'inquiéta Melinda.

Le capitaine Vestey sourit :

– Bien sûr que non, voyons! Drogo n'est pas un monstre! Vous avez fait sa connaissance à un mauvais moment. Croyez bien que cette petite cérémonie lui déplaisait fortement. Mais il fallait sauver la fortune de la famille! La marquise aurait été assez folle pour tout léguer à un asile pour chats!

– Je... Je ne savais même pas que cela existait!

– Moi non plus, mais elle avait décidé d'en fonder un! Deux ou trois millions de livres envolés de la sorte!

– Eh bien! Tout est arrangé, à présent!

– Oui, grâce à vous! Vous avez été parfaite.

– Merci, mais ce n'était pas difficile...

– Drogo doit vous être très reconnaissant, je le sais, même s'il ne le montre pas!

– Je ne lui demande aucune gratitude et ne souhaite qu'une chose, quitter cette maison le plus vite possible. J'aimerais partir tôt demain, pouvez-vous arranger ça?

– Certainement! Ne vous inquiétez pas! Vous allez retourner chez Kate, sans doute?

Melinda allait lui demander qui était Kate, quand la porte s'ouvrit sur le marquis. Aussitôt, Melinda se leva pour faire face : quelque chose de grave était arrivé, elle le sentait!

– Drogo! s'exclama Vestey! Que se passe-t-il?

Le marquis ne répondit pas tout de suite et un lourd silence tomba dans la pièce.

– Elle n'en a pas encore fini avec moi! gronda enfin le marquis. Elle continue à vouloir me dominer, au-delà de la mort. A me laisser dans l'incertitude, comme elle l'a fait pendant tant d'années!

– Quoi? Mais qu'a-t-elle fait? Ne vous laisse-t-elle rien?

– Si. A une condition!

– Encore ? Sa seule exigence n'était-elle pas de vous voir marié ?

– Certes. Mais il faut aussi que ma femme vive avec moi six mois au moins après le jour de nos noces...

7

Un silence stupéfait accueillit la déclaration du marquis.

– Mais ce n'est pas possible! s'exclama Vestey. C'est trop injuste, trop déloyal! Personne n'aurait pu imaginer cela!

– Peut-être, mais la clause existe, et bel et bien! répondit amèrement Drogo.

– Après tout, six mois seront vite passés, reprit Vestey avec un haussement d'épaules. Il suffit de laisser les choses en l'état où elles sont...

– Vous imaginez-vous que l'on pourra garder le secret de mon « mariage » pendant six mois? répliqua âprement le marquis.

– Voyons, pour l'instant, qui est au courant? réfléchit le capitaine. Le personnel? Il est trop loyal pour bavarder. Smithers? Il comprendra sûrement que vous n'ayez pas envie de révéler votre mariage au pied du lit de mort de la marquise douairière! Il sera facile de lui faire admettre que vous vouliez attendre, pour l'annoncer, la fin de votre deuil.

– Dans six mois, par exemple?

– Exactement!

– C'est une idée, murmura le marquis, bien qu'elle présente quelques inconvénients.

– A mon avis, vous n'avez pas à vous inquiéter,

reprit Vestey avec assurance. Personne ne s'attend à vous voir paraître dans le monde avant six mois, au moins. Allez donc à Chard, les domestiques, là-bas, n'auront pas entendu parler du mariage, et Melinda peut vous accompagner. Une jeune dame qui séjourne en votre compagnie ne sera pas pour les étonner!

C'est alors que Melinda interrompit les jeunes gens d'une voix calme :

– Il me semble que vous oubliez un point important...

– Quoi donc?

– Tout simplement que je ne suis pas du tout disposée à continuer cette comédie...

Le marquis, tourné vers elle, la considéra avec colère. Puis il eut un mince sourire.

– Vous n'êtes pas disposée... Oh! Je vois! L'importance de la situation ne vous échappe pas! Vous venez de comprendre que vous déteniez la clé de mon problème, et que j'ai absolument besoin de vous! Très bien! Quel est votre prix?

– Mon... prix? répéta Melinda.

– Oui, oui, ne nous faites pas attendre! Quelle chance, n'est-ce pas? Vous me tenez à votre merci et n'entendez pas me le laisser oublier! Maintenant, laissez de côté vos minauderies et autres prétendues délicatesses, et parlons affaires! Combien voulez-vous?

– Mais... je ne veux rien! Je... Je ne désire que quitter cette maison!

– Et vous espérez que je vais vous croire? s'écria furieusement le marquis.

– J'ai fait ce que vous m'aviez demandé. Vous m'avez promis en échange cinq cents guinées. J'aimerais avoir cet argent le plus tôt possible demain matin, et m'en aller.

– « Et m'en aller... » répéta le marquis avec un

mauvais ricanement. Vous me tenez en votre pouvoir et, je vous le répète, votre prix sera le mien. Combien? Mille livres? Deux mille? Cinq mille? Vous savez aussi bien que moi que je suis obligé d'en passer par là!

Melinda se leva d'un bond, toute pâle.

– Je dois être bien sotte, décidément, pour ne pas mieux me faire comprendre! Votre argent ne m'intéresse pas. Je veux recevoir le prix fixé pour mes services et quitter cette maison!

– Je vous entends parfaitement! Mais, sotte ou non, vous devez vous rendre compte que c'est impossible! Dans six mois, il faut que je vous présente comme ma femme!

– Je... Je pourrais peut-être revenir, au bout de ce délai?

– Croyez-vous que personne ne vérifiera votre présence à mes côtés, pendant ce temps?

La voix de lord Chard tremblait, dans l'effort qu'il faisait pour contenir sa fureur.

– Je suis désolée, mais je ne peux pas rester.

Melinda regarda autour d'elle, et il lui sembla que les murs se rapprochaient pour la retenir prisonnière. En un éclair, elle revit la réception qu'ils venaient de quitter; jamais elle ne pourrait supporter ce genre de vie pendant six mois! Elle ne saisissait pas vraiment la nature de ces soirées, mais son instinct lui disait que sa place n'était pas là.

Les deux dernières journées avaient été trop épuisantes et mouvementées, et Melinda se sentit soudain à bout de forces.

– Non, répéta-t-elle, je suis désolée... Je ne peux pas!

– Ecoutez-moi, Melinda! fit brusquement Vestey. Vous ne pouvez pas faire ça au pauvre Drogo! Savez-vous que votre départ lui coûterait près de deux millions de livres? Cela semble incroyable, mais c'est ainsi, je vous assure!

Melinda regarda Drogo :

– Pourquoi donc, alors, n'avez-vous pas réellement épousé une jeune fille de votre entourage?

– Voulez-vous le savoir? Eh bien! Parce que je méprise et déteste toutes les femmes. Je n'ai jamais désiré me marier!

– Je comprends, admit Melinda, songeant au colonel Gillingham. Mais vous devez admettre, vous, que je ne peux pas rester ici pendant six mois.

– Pourquoi? demanda le marquis.

– J'ai des projets... commença la jeune fille, pensant à Nanna.

– Il s'agit d'Hartington, n'est-ce pas? interrompit le marquis. Que vous a-t-il offert? De toute façon, je double son prix, je le triple. Une maison? Un équipage? Des bijoux? Des chevaux?

– Je ne vois pas pourquoi vous me parlez de lord Hartington! protesta Melinda, étonnée. Il est amoureux de cette personne que vous surnommez miss Quille, je crois. Il m'a conseillé de ne tomber à aucun prix amoureuse et je lui ai promis de n'en rien faire, voilà tout.

– Cela ne risque pas de vous arriver, en effet, car vous n'avez pas de cœur! Si vous aviez le moindre sentiment de pitié, vous comprendriez le terrible embarras où je me trouve, fit Drogo.

Melinda ne put s'empêcher de sourire : comment imaginer qu'elle puisse, elle, si pauvre et misérable, avoir pitié du riche et puissant lord Chard? L'idée même de cette puissance l'effrayait.

– Je vous en prie, plaida-t-elle, laissez-moi partir!

– Vous ne pouvez pas, je vous l'assure, Melinda! insista à nouveau Vestey. Drogo vous donnera tout ce que vous pourrez désirer. Beaucoup d'argent... Cela vous intéresse, tout de même?

– Je voulais seulement les cinq cents guinées quc vous m'avez promises. Cela me suffit.

– Vous ne me ferez pas croire cela! explosa le marquis avec un geste de colère. Qu'est-ce que cinq cents guinées pour une femme comme vous? Il ne vous faudrait pas un mois pour les dépenser en toilettes! Comment pouvez-vous refuser ce que je vous offre? Vous serez libre! Vous mènerez une vie confortable, luxueuse même, et vous assurez votre avenir! Cela ne vous tente donc pas!

Melinda hocha la tête en revoyant en esprit le cottage où elle s'installerait avec Nanna. Ces personnes qu'elle avait rencontrées à la réception de la veille lui faisaient horreur! Jamais elle n'admettrait de pareils invités dans sa maison!

– Oh! Mon Dieu! Je ne sais plus que vous dire! s'exclama le marquis. (Il se tourna vers Vestey :) Une autre femme aurait sauté sur l'occasion! Rosie, Laura, miss Quille elle-même! Mais qu'a donc celle-là en tête?

– Je n'en sais rien!...

Vestey regarda Melinda : en dépit de la gravité et de l'urgence de la situation, la jeune fille avait du mal à garder les yeux ouverts.

– Je crois qu'il est temps que je me retire, Drogo. Bonsoir, Melinda!

– Bonsoir...

– Je reviendrai demain matin pour vous conduire où vous voudrez, si vous n'avez pas changé d'avis.

– Sûrement pas!

En quittant le salon, Gervais Vestey, d'un signe de tête, invita son ami à le suivre. Une fois dans le hall, il lui dit, en baissant la voix :

– Vous avez essayé d'obtenir ce que vous voulez

par la force, mais en vain. Pourquoi n'usez-vous pas de votre charme? Vous avez fait vos preuves auprès des femmes! Vous êtes un homme séduisant, Drogo!

– Oh! Je vous en prie! Ne soyez pas ridicule! Pourtant, je pourrais peut-être essayer d'en appeler à ses bons sentiments. C'est à n'y rien comprendre. Comment l'une des pensionnaires de Kate peut-elle refuser pareille fortune?

– Oui, c'est incroyable!

– Elle me déconcerte! soupira le marquis. Et impossible d'en savoir plus long sur son compte... D'ailleurs, si elle accepte finalement de m'aider, il ne faut pas trop qu'on parle d'elle.

– Le mieux serait de partir pour Chard, suggéra Vestey. Après tout, l'endroit est fort agréable. Bientôt, on pourra chasser, et rien ne vous empêche d'organiser des réceptions. Allez vite auprès de Melinda, et persuadez-la!

Là-dessus, Vestey saisit son chapeau et quitta la maison.

Le marquis lâcha un soupir et regagna le salon. Melinda s'était endormie, la tête reposant sur le coussin du fauteuil, les mains sur ses genoux. Le marquis la contempla un long moment : elle semblait très jeune et si vulnérable. Son petit visage reflétait une curieuse innocence avec sa bouche délicate qui dessinait une moue d'enfant malheureux.

Drogo comprit qu'il ne pourrait jamais l'éveiller pour reprendre cette interminable discussion. Pourtant, dans son propre intérêt, il aurait dû insister sur-le-champ pour obtenir qu'elle se soumette à son plan. Au lieu de cela, il la souleva dans ses bras. Melinda ne s'éveilla pas, tourna la tête et l'appuya sur son épaule.

Le marquis gravit l'escalier, jusqu'à la chambre de

la jeune fille, et déposa Melinda sur son lit. Elle s'agita un peu, soupira, mais garda les yeux fermés.

Alors, le marquis, sans dire un mot, la laissa aux soins de la femme de chambre et quitta la pièce.

Quand Melinda reprit conscience, le lendemain matin, elle ne reconnut pas la pièce où elle se trouvait.

Le grand lit, si confortable, ne pouvait être celui de la petite chambre austère qu'elle occupait chez son oncle. Puis la mémoire lui revint, et elle ouvrit les yeux, craignant de se retrouver dans l'étrange pièce grillagée et verrouillée du logis de Mrs Harcourt.

Mais le soleil brillait derrière les rideaux de brocart et elle reposait dans un lit à colonnes, au milieu d'une vaste chambre! Soudain, elle se souvint des événements de la veille : elle se trouvait à Grosvenor Square. Quelque part dans cette luxueuse demeure, la marquise douairière gisait, sans vie, et le marquis l'attendait, pour discuter avec elle.

– Il faut que je parte! murmura-t-elle.

Mais les draps étaient si doux, qui sentaient la lavande, et le parfum du bouquet de fleurs, disposé à son chevet, affaiblit sa volonté.

Jamais Melinda n'avait connu un tel confort, avec une femme de chambre pour préparer son bain et l'aider à s'habiller et se coiffer.

« Non, je ne dois pas y penser, c'est sans importance! » se dit-elle.

Mais elle avait subi si longtemps, chez son oncle, humiliations et mauvais traitements, elle avait tant souffert de sa condition de parente pauvre! Quel plaisir nouveau d'être traitée ainsi! Melinda songea aux belles toilettes suspendues dans la garde-robe. Elle pouvait garder tout cela, et jouir de ce confort, en acceptant simplement la proposition du marquis!

Elle se dressa sur son céans, en se souvenant vaguement qu'elle s'était à demi éveillée pendant que la femme de chambre la déshabillait. Pourtant, elle ne se rappelait pas avoir gravi les marches du grand escalier.

« Allons! Il est grand temps de partir d'ici! »

Malgré la beauté du décor, Melinda avait peur et souhaitait se retrouver en sécurité, auprès de Nanna.

« Oui, mais qu'arrivera-t-il quand les cinq cents guinées seront dépensées? Nanna est âgée et peut tomber malade. Ne vaudrait-il pas mieux acquérir de quoi s'assurer une réelle sécurité? D'où me vient cette crainte? Je n'en sais rien, mais je suis sûre que tout ceci est mal et dangereux... Pourtant, jouer le rôle d'une fausse épouse n'est pas plus difficile que de devenir gouvernante ou dame de compagnie? Et combien gagnerais-je, en travaillant ainsi! Trente livres par an, peut-être! »

Melinda, saisie de stupeur, répéta à voix basse :

– Trente livres par an! Et je peux en avoir trois mille si je les demande!

Soudain, on frappa à la porte.

– Entrez! dit-elle avec appréhension, mais ce fut Gladys, la jeune femme de chambre, qui se présenta.

– Je ne savais pas à quelle heure vous vouliez être réveillée, milady... Je vous ai laissé dormir... Il est 10 heures.

– Si tard! Il faut que je me lève!

– Sa Seigneurie sera heureuse de voir milady le plus tôt possible, reprit Gladys en tirant les rideaux.

– Vous ne devriez pas me donner de titre, objecta

Melinda. Oubliez-vous que mon mariage est secret ?

– Oh non, milady ! Et quel dommage, car vous faisiez une si jolie mariée ! Mais nous avons demandé à Mr Newman, le maître d'hôtel, comment nous devions nous adresser à Votre Seigneurie, et il a répondu de vous nommer ainsi quand nous étions seuls, et « miss Stanyon » autrement.

– Je suis sûre que Mr Newman sait ce qu'il convient de faire mais je préfère que vous m'appeliez miss Stanyon.

– Très bien, miss, si c'est là votre désir. Mais « Votre Seigneurie » c'est un joli titre !

Melinda partageait secrètement son avis.

Elle déjeuna, prit son bain et, après maintes hésitations, passa une robe grise. Avec ses longues boucles retombant sur la collerette blanche, Melinda avait l'air d'une toute jeune fille.

– Sa Seigneurie est dans la bibliothèque, milady, déclara le maître d'hôtel, quand elle descendit.

Puis il la précéda, en ouvrant les portes devant elle. Melinda se sentait nerveuse, un peu effrayée. Cependant, elle n'en montra rien et s'avança vers le marquis, assis à son bureau, dans un rayon de soleil ; son profil se détachait contre le fond austère des rayons chargés de livres, et Melinda ne put s'empêcher de remarquer la beauté du jeune homme.

– Bonjour !

Au son de sa voix, le marquis se leva et laissa échapper une exclamation de surprise.

– Je suis désolé mais je ne vous ai pas entendue entrer. Bonjour, Melinda ! J'espère que vous avez bien dormi ?

– Je crains de m'être montrée un peu désagréable, hier soir... J'étais si fatiguée ! Je ne me souviens même plus d'avoir monté les escaliers.

– C'est moi qui vous ai portée jusqu'à votre chambre.

– Vous... m'avez portée? balbutia-t-elle en rougissant.

– Mais oui! Vous êtes aussi légère qu'un enfant, ou une nymphe, peut-être!

– Je... Je m'excuse de m'être endormie ainsi, dit Melinda, fort embarrassée.

– Je vous en prie! Et maintenant, que désirez-vous? Je suis à votre service, car j'ai déjà réglé avec l'homme de loi le détail des funérailles qui auront lieu demain. Je suggère que nous partions pour Chard, juste après.

Melinda le dévisagea, sur la défensive.

– Je n'étais pas assez endormie, hier soir, pour avoir oublié notre conversation. Je vous ai dit que je voulais quitter cette maison.

– Et moi, que c'était impossible! (Melinda fronça les sourcils et il reprit très vite :) Non! Non! Ne craignez rien! Je ne vais pas vous retenir de force! Je vous demande simplement de m'aider, à cause de ce que cela signifie pour moi.

– Je comprends vos difficultés car la fortune est de taille. Mais je suis certaine qu'il suffit que je réapparaisse une semaine à la fin de ces six mois.

– C'est trop risqué, je peux tout perdre! Voyons, vous souvenez-vous de mon offre?

– Oui...

– Je vous donnerai tout ce que vous désirez! Vous serez même assez riche pour épouser qui vous voudrez.

– Je ne voudrai jamais d'un homme qui m'épouse pour de l'argent. Si je me marie, ce sera avec celui que j'aimerai et qui m'aimera, pour moi-même...

– Après ce que vous avez traversé, vous avez encore un idéal... répondit le marquis, songeur. Voilà ce qui vous donne tant de charme!

– Toutes ces épreuves, dit Melinda, pensant au colonel Gillingham et incapable de comprendre les sous-entendus du marquis, ces épreuves m'ont fait comprendre que le mariage doit être bâti sur l'amour. Vous avez eu parfaitement raison de ne pas vous marier uniquement pour obtenir de l'argent. Au début, je pensais que c'était mal de tromper votre belle-mère comme nous l'avons fait, mais, à la réflexion, il aurait été pire de vous marier par pur intérêt.

– Heureux de vous l'entendre dire! Je croyais que vous me reprochiez ma décision.

– Je n'ai rien compris, tout d'abord, à cette affaire, je trouvais qu'on me demandait peu de chose pour gagner cinq cents guinées. Je ne m'attendais pas à la suite de ces événements, ni à ce que votre belle-mère me parle comme elle l'a fait.

– Que vous a-t-elle dit?

– Que vous aviez besoin de beaucoup d'amour, répondit simplement Melinda.

– Comment! s'exclama-t-il. C'est bien la dernière chose que j'aurais attendue d'elle!

– Elle semblait pourtant désolée de vous avoir mal traité...

– Un peu tard, n'est-ce pas? D'autant qu'elle venait juste d'inclure cette clause des six mois dans son testament!

– Y voyez-vous un signe de méfiance? A mon égard?

– Non, mais bien au mien! Elle a toujours prétendu que j'étais un coureur de jupons, un papillon, comme elle disait.

– En ajoutant cette clause, elle pensait sans doute vous aider à réussir votre mariage, insinua Melinda, non sans timidité.

– Je ne me soucie pas du tout de ce qu'elle pouvait penser! s'exclama le marquis avec impatience. Elle a empoisonné ma vie dès mon enfance, en montant mon père contre moi. A présent, même après sa mort, elle essaie encore de me dicter sa volonté. Pour moi, elle ne souhaitait pas que j'hérite de cet argent. Mais vous allez m'aider, n'est-ce pas, Melinda?

Brusquement, à la grande surprise de la jeune fille, sa voix s'était faite suppliante. Un peu émue, Melinda détourna la tête et regarda le petit jardin fleuri au-dehors.

« Que m'auraient conseillé mes parents? Il serait peut-être mal d'accepter et, à coup sûr, peu ordinaire. Mais j'ai été si malheureuse ces dernières années! Jamais père et mère n'auraient voulu me savoir soumise aux brutalités de sir Hector, ni obligée d'épouser un homme si vil. Oui, ils préféreraient me savoir à l'abri du besoin pour le reste de ma vie, même au prix d'une action aussi peu banale. »

Le marquis attendait et contemplait la finesse des traits de la jeune fille, la perfection racée de son profil.

– Venez! Je vais vous montrer quelque chose!

Il lui prit brusquement la main et les doigts menus s'abandonnèrent à son étreinte. Ils pénétrèrent dans un petit bureau, derrière la bibliothèque, où un grand tableau était accroché.

– Voici ma maison. Vous comprenez peut-être maintenant pourquoi je tiens tant à ne pas la perdre.

Le tableau représentait un vaste château en briques rouges, de l'époque élisabéthaine. Le peintre célèbre avait su rendre l'impression chaleureuse et riante de la superbe demeure, sur le fond de son parc.

Ce qui touchait Melinda au tréfonds de son cœur c'est que Chard ressemblait à sa propre maison, en beaucoup plus majestueux, plus imposant. Stanyon Manor, où Melinda était née et avait vécu jusqu'à la mort de ses parents, avait été bâti à la même époque. Malgré leurs différences de dimension, Chard, le château magnifique, et le petit manoir avaient les mêmes caractéristiques.

Melinda devinait l'atmosphère confortable, gaie et chaude de la demeure.

– C'est beau, n'est-ce pas? demanda le marquis, ému lui aussi. Chard n'a pas été touché depuis que le premier lord Chard l'a bâti. Mon ancêtre était trésorier à la cour de la reine Elisabeth. Il s'est retiré assez jeune encore pour pouvoir jouir de son domaine.

– Je ne voyais pas votre maison ainsi! dit Melinda.

– A quoi vous attendiez-vous donc?

– A un château somptueux, bien sûr, mais beaucoup plus sombre, un peu effrayant même.

– Et à présent, qu'en pensez-vous?

– Que c'est une demeure exquise, dont on doit pouvoir faire un véritable foyer. Pourquoi n'y vivez-vous pas?

– Seul? Un foyer a besoin d'être habité par une femme et des enfants, ne croyez-vous pas?

– Mais pourtant, vous l'aimez?

– Je n'ai jamais rien eu d'autre à aimer, répondit le marquis d'un ton sec.

Pour la première fois, elle songea au petit garçon privé de sa mère, sans personne pour le réconforter et l'aimer. Alors Melinda s'entendit promettre :

– Je resterai pendant ces six mois!

Drogo regardait toujours le tableau; à ces mots, il sursauta et tourna la tête vers elle :

– Vous le ferez, vraiment? Pourquoi?

– Parce que vous aimez Chard; cet argent vous sera nécessaire pour l'entretenir et le garder.

– Merci, Melinda.

Ils échangèrent un long regard, en silence. Melinda, embarrassée, détourna les yeux la première.

– Il faudra faire très attention à ce qu'on ne découvre pas la vérité, murmura-t-elle.

– Oui, bien sûr, répondit le marquis, distrait.

Melinda revint dans la bibliothèque, brusquement apaisée par l'image de Chard. Elle alla s'asseoir sur le sofa devant la fenêtre : aussitôt le soleil joua dans sa chevelure et la nimba d'or.

Le marquis contempla ce spectacle un moment et dit enfin :

– Vous ne regretterez pas votre décision, Melinda. Vous aurez tout ce que vous pourrez désirer.

Comme elle ne répondait rien, il ajouta :

– Après tout, ces six mois à Chard seront peut-être agréables. Pourtant, je crains que vous ne vous y ennuyiez.

– J'ai toujours vécu à la campagne!

– Je vous montrerai le lac et un étang où je pêchais, quand j'étais enfant. Il y a aussi une petite chapelle, dans les bois, où les pères jésuites célébraient la messe en secret, tandis que des sentinelles surveillaient les alentours. Si on les avait trouvés, on les aurait envoyés à la Tour de Londres. Nous avons aussi un fantôme, tout à fait inoffensif, qui se promène dans la grande galerie. Si quelqu'un de la famille l'aperçoit, cela lui porte bonheur.

– L'avez-vous déjà vu? demanda Melinda.

– Non, ma foi. J'ai toujours eu de la malchance, jusqu'à présent. Vous allez peut-être changer tout cela.

– Je l'espère...

Elle avait souri et, soudain, il fut à ses côtés et lui prit la main :

– Melinda, je crois que nous allons bien nous

entendre. Je voudrais vous faire un cadeau. Rien à voir avec l'affaire que nous venons de traiter, non. Un cadeau pour vous remercier de votre gentillesse pour Chard. Je n'ai jamais rencontré beaucoup de bonté dans ma vie, vous savez.

Melinda laissa un instant sa main dans celle du jeune homme. Puis, sans ostentation, elle la retira :

– Je vous remercie. Mais, en dehors de « notre affaire », je ne crois pas que je puisse accepter aucun cadeau. J'ai trouvé que Mrs Harcourt se montrait fort extravagante en commandant la garde-robe que vous devrez payer. Je n'ai besoin de rien d'autre.

– Melinda, vous ne cessez pas de me surprendre! s'exclama le marquis en riant. Je n'ai jamais connu quelqu'un qui refuse un cadeau! Vous plaisantez, sans doute? Quelles sont vos pierres préférées? Les diamants?

– Je suis sérieuse : je ne veux pas de cadeau. Ce ne serait pas bien de ma part d'en accepter.

– Oh! dit le marquis, pensif. Je crois avoir compris... Vous ne pouvez accepter sans rien offrir en échange? C'est cela?

– Non, pas tout à fait...

– Mais, ma chère, c'est tout simple. Accordez-moi tout ce que je peux désirer et je vous offrirai tous les cadeaux que vous voudrez! Ce sera un nouveau pacte, uniquement entre nous.

– Je ne comprends pas ce que vous voulez dire! protesta-t-elle.

Il la regardait comme personne ne l'avait fait jusqu'alors. Jamais non plus elle ne s'était trouvée aussi près d'un jeune homme.

– Melinda... soupira-t-il, très bas.

Sa bouche effleurait la sienne quand la porte s'ouvrit sur Newman, le maître d'hôtel.

– Qu'y a-t-il? demanda le marquis d'une voix sèche.

– Je prie Votre Seigneurie de bien vouloir m'excuser, mais lady Alice St. Helier est ici. Elle insiste pour rencontrer Votre Seigneurie. J'ai dû lui dire que j'allais vous informer de sa visite.

– Oh! Le diable soit... murmura le marquis. (Il ajouta tout haut :) C'est bien, Newman, où est-elle?

– Sa Seigneurie a insisté pour attendre dans le hall. J'ai voulu la faire entrer dans le petit salon, mais elle a refusé.

Le marquis se tourna vers Melinda :

– Voulez-vous vous installer dans le petit bureau? Je suis désolé, Melinda, mais il ne faut pas que lady Alicc vous voie.

– Non, bien entendu!

Melinda traversa vivement la pièce et gagnait la porte du bureau, quand une voix joyeuse retentit :

– Drogo! Vous imaginez-vous, vraiment, que vous alliez me tenir à l'écart?

Melinda se glissa dans le bureau et eut juste le temps d'apercevoir une élégante silhouette vêtue de rose. Elle ne ferma pas complètement la porte, de crainte de faire du bruit et d'attirer l'attention de la visiteuse. Elle entendit donc, malgré elle, ce que disait lady Alice :

– Drogo! Cher Drogo! Je suis si heureuse que vous soyez libéré de ce monstre! Maintenant que vous avez enfin votre fortune, tout sera différent.

– Vraiment? Comment donc?

– Voyons, Drogo, ne faites pas semblant de ne pas comprendre! Tout était difficile, quand vous étiez pauvre et sous la dépendance de cette épouvantable femme. Maintenant, vous allez pouvoir entretenir convenablement Chard et cette demeure.

Drogo chéri, je sais que vous êtes devenu très, très riche!

– Je ne vois vraiment pas ce qui pourrait changer nos relations, Alice! répondit sèchement le marquis. A moins, naturellement, que Saint-Helier soit mort cette nuit, ou se décide à se suicider!

– Saint-Helier est tout ce qu'il y a de plus vivant! Mais vous savez qu'il ne s'intéresse qu'aux courses de chevaux! Il passe tout son temps à Newmarket. Quant à nous, Drogo, nous ne fréquentons guère les champs de courses, n'est-ce pas?

Le ton passionné de sa voix ne laissait planer aucun doute! Melinda réussit enfin à fermer la porte sans attirer l'attention.

Ainsi, c'était là un nouvel exemple de la « bonne société » de Londres!

Melinda était scandalisée et même écœurée. Elle se sentait aussi la proie d'un chagrin obscur, qu'elle ne s'expliquait pas.

8

Melinda regagna rapidement sa chambre, l'air préoccupé : comment une femme mariée, comme lady Saint-Helier, avait-elle pu s'exprimer de la sorte? Pourtant, elle avait entendu ses paroles de ses propres oreilles.

Comme chez Mrs Harcourt, Melinda se sentait cernée par un péril obscur, qu'elle ne saisissait pas.

Elle s'approcha de la fenêtre qui donnait sur la rue. Devant le perron, une voiture découverte, très élégante, attendait. Melinda remarqua la beauté des deux chevaux gris que le cocher maintenait dans une attitude impeccable. Bientôt, un laquais vint ouvrir la portière et s'effaça devant une dame, lady Saint-Helier sans aucun doute. Comme si elle devinait le regard posé sur elle, la jeune femme leva un instant la tête vers l'étage où se tenait Melinda, qui eut le temps d'apercevoir un ravissant visage.

Melinda fit un pas en arrière, puis alla s'asseoir dans un fauteuil. Belle ou non, lady Alice était mariée. Son attitude était méprisable, et aussi celle du marquis.

Melinda resta là, plongée dans ses réflexions, pendant près de deux heures. Plus tard, Gladys vint l'avertir que des parents étaient arrivés et qu'il valait mieux qu'on la serve dans le boudoir attenant à sa chambre.

Le repas était délicieux, mais Melinda y toucha à peine. Elle se sentait triste et ne pouvait s'empêcher de se demander ce qui se passait en bas.

Lorsqu'elle vint préparer le lit, Gladys lui raconta le dîner.

– Il y a eu des disputes dans la salle à manger, milady!

– Des disputes? Entre qui? demanda Melinda.

Elle savait qu'elle n'aurait pas dû aborder de tels sujets avec une domestique, mais la curiosité fut la plus forte.

– Mr Newman dit que l'oncle de Sa Seigneurie, lord FitzBolton, était hors de lui. Il a exigé de voir le testament, et Sa Seigneurie a refusé. Lord FitzBolton était furieux, aussi, parce que les funérailles ont lieu demain matin. Il disait que les amis et les parents de province ne pourraient y assister. Sa Seigneurie a répondu qu'il souhaitait une cérémonie très intime. Le personnel lui-même ne s'y rendra pas.

– Qui y avait-il à ce dîner? s'enquit Melinda.

– Lord FitzBolton et ses deux fils. Ils ont déjà séjourné ici et les domestiques ne les aiment guère!

– Pourquoi donc?

– Ils donnent beaucoup de travail, et pas un shilling de pourboire! (Gladys s'interrompit et porta ses doigts à ses lèvres :) Oh! milady! Ça m'a échappé! Mais j'ai entendu les valets qui en discutaient, à la cuisine!

– Je comprends! dit Melinda, souriante. Les fils de lord FitzBolton sont plutôt avares, n'est-ce pas?

– C'est ce que nous pensons, milady. Et puis, ils sont toujours en train de sonner. James – l'un des valets de pied – a monté l'escalier plus d'une douzaine de fois dans la même matinée, lors de leur dernier séjour ici.

– Existe-t-il une lady FitzBolton?

– Je crois qu'elle est morte. J'ai entendu Sa Seigneurie dire : « Ma pauvre femme serait horrifiée par la façon dont vous vous comportez en cette circonstance! » Oh! Milady! C'est trop injuste que vous ne soyez pas en bas, dans la salle à manger!

– Gladys, n'oubliez pas qu'il ne faut pas dire un mot de ce mariage!

– Je le sais, milady! Mr Newman a déclaré que le premier d'entre nous qui en parlerait en dehors de la maison serait renvoyé sans certificat et qu'il le jetterait dehors de ses propres mains! Il était effrayant à entendre!

Melinda dissimula un sourire :

– Très bien, Gladys. A présent, je vais aller me coucher.

Mais elle eut du mal à trouver le sommeil. L'aventure qu'elle vivait depuis sa fuite lui semblait fantastique. Elle ne pouvait aussi s'empêcher de penser au marquis : « Pourquoi est-il si étrange? Que signifie l'expression qu'il a, parfois, en me regardant? »

Le lendemain matin, Gladys apparut avec les yeux rougis de larmes.

– On vient d'emporter le cercueil, milady. Cela m'a fait de la peine. Pauvre vieille lady!

– J'aurais aimé la connaître... murmura Melinda, comme pour elle-même.

– C'était une personne très autoritaire! ajouta la petite femme de chambre. Je l'ai entendue souvent injurier Sa Seigneurie le marquis qui quittait le salon d'un air furieux et en claquant la porte. Je me demande pourquoi ils se détestaient autant, tous les deux...

Melinda s'aperçut une fois de plus qu'on ne pouvait rien cacher aux domestiques. Aussi s'abstint-elle de questionner Gladys, car elle ne l'avait que trop encouragée à bavarder, la veille.

Les stores avaient été baissés sur toutes les fenêtres de la façade, en signe de deuil. Quand le cortège funèbre eut quitté la maison, la première femme de chambre entra et les releva de quelques centimètres.

– Je suis désolée, milady, mais Sa Seigneurie a ordonné de tirer les stores. L'obscurité n'est pas agréable.

– Il est normal qu'il en soit ainsi. Ne les relevez pas trop!

– On ne remarquera rien, dit miss Jones. Et puis, cet éclairage est trop triste pour Votre Seigneurie. Nous permettez-vous, à Gladys et moi, de commencer vos bagages?

– Mes bagages?

– Je croyais que Sa Seigneurie vous avait prévenue. Dès le retour des funérailles, Sa Seigneurie part pour Chard, avec vous, milady. Les bagages suivront.

– Quelle voiture prendrons-nous?

– Le phaéton. Cela peut paraître surprenant mais Sa Seigneurie n'est pas conformiste.

Melinda répondit à peine et passa rapidement un costume de voyage bleu pâle, qui mettait en valeur sa chevelure blonde et son teint délicat. Elle se coiffa d'un petit bonnet solidement noué sous le menton, en prévision du vent qui pourrait la décoiffer dans cette voiture découverte.

Tandis que Gladys et la femme de charge emplissaient les malles des vêtements perdus dans une garde-robe aussi grande que la chambre qu'elle occupait chez son oncle, Melinda revint guetter le retour du marquis. Elle ne voulait pas l'attendre en bas, pour ne pas risquer une rencontre avec l'un de ses parents. Peu de temps après, un valet de pied se présenta devant Melinda.

– Sa Seigneurie présente ses hommages à milady et demande si elle est prête à partir.

– Oui, je suis prête!

Melinda suivit le domestique dans l'escalier. Le marquis, qui l'attendait dans le hall, avait changé ses vêtements de deuil pour un costume de voyage gris pâle, avec un chapeau assorti.

– Bonjour, Melinda! J'espère que vous avez bien dormi?

Sans attendre de réponse, il se dirigea vers la porte d'entrée. Melinda le suivit en silence. Au pied du perron attendait le phaéton le plus élégant qu'elle ait jamais vu, avec des roues jaune et noir, tiré par deux chevaux fringants. Un laquais l'aida à s'installer sur le siège et le marquis s'assit près d'elle. Il saisit les rênes, le groom qui restait à la tête des chevaux s'écarta, et la voiture s'ébranla.

Un jeune garçon, menu comme un oiseau, se tenait derrière eux. « Un « tigre, comme disait père. » Melinda aurait voulu que son père puisse admirer le couple de chevaux qui les tirait : il aurait aimé la façon dont le marquis conduisait.

Les bêtes étaient bien reposées, et le marquis dut les retenir dans les rues encombrées. Dès qu'ils eurent gagné la campagne, il leur rendit un peu de liberté.

– Vous êtes bien silencieuse! remarqua-t-il au bout d'un moment.

– On m'a toujours dit qu'il ne fallait pas déranger quelqu'un qui tient en main une paire de chevaux frais.

– Exact! s'esclaffa le jeune homme. Avez-vous déjà conduit vous-même?

– Oui, mais jamais de tels chevaux!

– Ils sont magnifiques, n'est-ce pas? Ils m'ont coûté deux cents guinées chez Tattersall, mais je ne les regrette pas!

– Les meilleures montures ne sont pas toujours les plus belles. On ne découvre leurs qualités qu'à l'usage, mais celles-là sont de premier ordre, estima Melinda.

– Vous vous y connaissez! s'étonna-t-il sans ironie.

– J'aime les chevaux!

– Et qu'aimez-vous d'autre? Ou bien devrais-je dire « qui »?

Melinda ignora la seconde partie de la question :

– La campagne. Je ne pourrais pas vivre trop longtemps en ville.

– Vous êtes vraiment quelqu'un d'inattendu!

Melinda ne répondit pas car la voiture roulait vite et le vent emportait la moitié des paroles qu'on échangeait. Elle oublia le marquis pour mieux goûter le plaisir de la route. L'air estival fouettait ses joues et le soleil brillait sur les harnais bien entretenus. La route courait jusqu'à l'horizon, parmi champs et bois, prairies grasses et rivières aux rives couvertes de fleurs.

Au bout de deux heures, le marquis s'arrêta devant une vieille auberge :

– Nous déjeunons ici, annonça-t-il. Je ne sais ce qu'il en est pour vous, mais je meurs de faim, pour ma part.

On accourut pour retenir les chevaux. Le marquis sauta à terre et tendit les bras à Melinda. Elle hésita une seconde, puis se laissa aller. Un instant, il la retint contre lui et elle fut prise d'un léger vertige en sentant les bras vigoureux qui la tenaient, et ce visage, si près du sien. Puis, elle se retrouva à terre, et libre. Mais quelque chose de très important venait de se passer entre eux.

L'aubergiste escorta Melinda jusqu'à la meilleure chambre, où la jeune fille lava ses mains et son visage. Elle ôta son bonnet, arrangea ses boucles, puis descendit jusqu'au petit salon privé où le marquis avait fait servir le déjeuner.

Melinda prit un repas léger, mais le marquis entendait faire un copieux déjeuner.

– J'ai très faim! lui expliqua-t-il. Ce matin, mon premier repas a été gâché par la présence de mon oncle et de ses fils, occupés à discuter des vêtements de circonstance pour les funérailles!

– N'aimez-vous pas vos parents?

– On peut dire que je les déteste! Aimez-vous toute votre parenté, vous?

– Non! Parfois même, je les trouve très désagréables! dit Melinda, songeant à sir Hector.

Ils se mirent à rire, comme à une plaisanterie fort drôle, puis le marquis reprit :

– Gervais prétend que j'ai été désagréable avec vous. Voulez-vous me pardonner?

– Bien sûr! Vous étiez si inquiet...

– Malgré tout, je n'ai pas d'excuse. Personne ne devrait se montrer désagréable envers une si jolie personne!

Le compliment, un peu trop direct, troubla Melinda qui répondit très vite :

– Parlez-moi de votre maison. J'ai hâte de la voir!

Elle avait parfaitement réussi à détourner la conversation car le visage du jeune homme s'éclaira :

– Savez-vous que, pour la première fois, je vais

revoir Chard en sachant qu'elle est à moi seul et que je ne risque plus de la perdre?

Il parla de sa maison jusqu'à la fin du repas. Enfin Melinda le voyait naturel, détendu. Quel malheur qu'il n'ait pas choisi de se marier vraiment, plutôt que de se trouver dans cette situation périlleuse!

Ils reprirent bientôt la route et une heure après, s'engagèrent entre de magnifiques grilles en fer forgé, ouvertes à deux battants. Au bout d'une longue allée de hêtres, le marquis retint ses chevaux.

Chard se dressait en face d'eux, encore plus beau que dans le tableau admiré par Melinda à Londres. Les briques rouges, avec le temps, s'étaient patinées en vieux rose. La maison se détachait sur le fond d'un bois immense et était entourée, devant et sur les côtés, de pelouses d'un vert d'émeraude qui descendaient jusqu'à un étroit ruisseau, enjambé par un vieux pont de pierre.

– Magnifique! s'exclama Melinda.

– Voici l'endroit que je préfère au monde... Venez! J'ai tant de choses à vous montrer...

Drogo, excité comme un écolier, la promena partout, des caves aux greniers.

Les jeunes gens visitèrent les jardins, le potager, le jardin où, enfant, il volait des fruits, l'étang où il aimait pêcher; le marquis raconta même à Melinda comment, petit garçon, on l'avait puni parce qu'il avait brisé une vitre des serres avec une balle de cricket.

Ils rendirent visite aux cygnes puis se dirigèrent vers les écuries. Là, l'enthousiasme de Melinda pour ses chevaux amusa le marquis. Un superbe étalon brun suscita particulièrement son admiration : le fier animal bougeait dédaigneusement la tête, refusant les carottes qu'on lui offrait.

– Voici Thunderbolt, annonça le marquis. Je l'ai acheté il y a un an pour le monter à Londres, mais il est trop vif et je l'ai envoyé ici. Je le monterai demain matin, Ned, dit-il à l'adresse du palefrenier.

– Très bien, Votre Seigneurie. Il ne prend pas assez d'exercice, les valets ont peur de le monter.

– Les chevaux de cette classe ne supportent d'être montés que par d'excellents cavaliers, remarqua Melinda. Ils aiment aussi la compétition, et se mesurer à des animaux de leur valeur.

– Qu'en dis-tu, Thunderbolt? demanda le marquis, en caressant le nez de l'étalon. Parfait! On essaiera! Je pourrais peut-être disputer une course locale!

– Bonne idée, milord, dit le vieux palefrenier. Vous avez bien peu couru, ces derniers temps!

– Je n'ai pas pu venir à Chard au printemps, répondit le marquis d'un ton sec.

« Sa belle-mère a dû l'en empêcher d'une façon ou d'une autre », supposa Melinda.

Comme l'heure du dîner approchait, les jeunes gens regagnèrent la maison. Dans le grand salon ouvrant sur la roseraie, Melinda se prit à penser que l'endroit était rêvé pour de jeunes mariés. Toute la maison lui semblait guetter maintenant l'apparition d'une jeune femme, au bras de l'héritier.

Son regard croisa celui du marquis : ses pensées ne suivaient-elles pas le même cours que les siennes? La gaieté des jeunes gens tomba au même moment et Melinda se sentit de nouveau gagnée par la peur.

– Il est temps d'aller nous changer pour le dîner, fit le marquis d'un air absent.

– Oui, vous avez raison...

Heureuse de pouvoir s'éloigner de lui, Melinda

gagna sa chambre. Elle y trouva ses bagages défaits et une vieille femme de chambre qui l'attendait.

– Quelle robe porterez-vous ce soir, miss? demanda la femme d'un ton peu amène.

– Je ne sais pas... Oh! Quelle belle chambre!

Un immense lit à colonnes occupait le fond de la vaste pièce, surmonté d'un dais à frange d'or et soutenu par deux angelots dorés.

– Vous êtes dans l'appartement nuptial, miss, déclara la femme de chambre avec hostilité.

Melinda comprit que le personnel de Chard ignorait le « mariage secret ».

– Qui a choisi cette chambre pour moi? demanda-t-elle.

– Ce sont les ordres de Sa Seigneurie.

– Il doit avoir ses raisons, dit Melinda, qui se demandait s'il n'aurait pas mieux valu mettre le personnel du château dans le secret.

– Oh! Oui, miss, certainement...

Il y avait un tel venin dans le ton de la femme que Melinda eut un mouvement de recul.

– Je vous sonnerai quand j'aurai besoin de vous, dit-elle. Pour l'instant, je préfère rester seule.

– Comme vous voudrez, miss...

La vieille femme sortit dans un sillage de méfiance et d'antipathie tel que Melinda en frissonna.

« Sans doute le personnel trouve-t-il peu convenable que je séjourne ici sans chaperon! » s'expliqua-t-elle.

Cependant, l'attitude de la domestique l'avait tellement intimidée qu'elle parvint à s'habiller et à se coiffer seule, sans avoir recours à la sonnette. Une fois prête, Melinda se rendit compte qu'elle avait choisi une robe blanche, comme celle d'une jeune épousée.

Elle descendit le large escalier, aux marches un

peu usées, et rejoignit le marquis qui l'attendait dans le salon, près d'une fenêtre baignée par le soleil couchant; lorsqu'il la vit s'avancer vers lui, son regard s'éclaira.

– Approchez, Melinda.

Derrière la roseraie, le soleil illuminait la cime des grands arbres qui servaient de refuge à une nuée de pigeons roucoulants.

– Quand j'étais enfant, dit le marquis, j'enviais ces oiseaux. Je voyais dans ces bois la demeure dans laquelle ils allaient et venaient librement. Cet endroit est sacré et si accueillant...

Melinda devina sa souffrance d'enfant mal aimé et incompris. Ce retour à Chard, à présent que le domaine était sien, signifiait beaucoup pour le marquis.

– Avez-vous été très malheureux? demanda-t-elle.

– Si je n'avais pas tant aimé Chard, je crois que je me serais tué. Un enfant peut endurer une éducation un peu rude, et même brutale, mais il ne peut supporter la haine, assez forte pour le détruire jusqu'en son âme!

Il avait parlé avec une telle gravité qu'elle le regarda, stupéfaite; mais déjà, il se reprenait :

– Maintenant, il ne faut plus songer au passé! Tout ceci m'appartient aujourd'hui et vous m'avez beaucoup aidé. Je vous en serai toujours reconnaissant.

Il posa sa main sur l'épaule de Melinda qui, troublée, se déroba. L'arrivée providentielle du maître d'hôtel, qui annonça le dîner, permit à Melinda de reprendre contenance, et ils passèrent à table.

L'argenterie de famille étincelait sous les feux du cristal. Melinda trouva la nourriture délicieuse; elle apprit que légumes et fruits venaient du domaine, le gibier des terres de Chard, et les truites du torrent tant prisé du marquis.

Drogo parla longuement des améliorations, réparations et restaurations qu'il comptait entreprendre dans les jardins surtout, afin de redonner à Chard sa splendeur primitive :

– J'ai tous les plans. Ma belle-mère se montrait d'une avarice sordide. Je veux remettre les bâtiments en leur état premier, grâce à la totalité des plans dont je dispose, et visiter tous mes fermiers, pour les aider à faire toutes les réparations nécessaires.

Son enthousiasme était si communicatif qu'après le repas, Melinda le suivit volontiers dans la salle où se trouvaient les plans. Il connaissait chaque parcelle, et le nom de chaque tenancier.

Lorsque la nuit les surprit, ils revinrent dans le salon parfumé par les fleurs du jardin.

– Je suis heureux que vous soyez ici, avoua Drogo en s'asseyant près de Melinda. J'avais besoin de me confier, et vous avez paru me comprendre.

– Oui, je le crois.

Il prit sa main, sans qu'elle ait envie de la retirer, et la contempla longuement :

– Vous êtes adorable... Si adorable que c'est triste, vraiment...

Il n'acheva pas, mais prit Melinda dans ses bras et l'attira à lui. Elle en fut si étonnée qu'elle ne songea pas tout de suite à le repousser. Déjà, ses lèvres étaient sur les siennes.

C'était son premier baiser et Melinda en eut le souffle coupé. La bouche du jeune homme était exigeante et ses bras la retenaient si étroitement serrée qu'elle ne pouvait pas bouger, dominée par sa force et sa passion. Un frisson de frayeur la traversa mais les lèvres du jeune homme s'adoucirent, et elle se retrouva libre.

– Non! dit-elle tout bas. Non...

– Ne me repoussez pas, Melinda! J'ai besoin de vous, de votre douceur, de votre compréhension. Nous sommes seuls ici, ensemble. Ne comprenez-vous donc pas combien j'ai besoin de vous?

Elle ne put répondre, car il avait repris sa bouche. Ses lèvres parcoururent ses joues, ses paupières, son front, et à nouveau s'emparèrent de sa bouche. Une émotion inconnue la brûlait délicieusement.

Drogo relâcha son étreinte et regarda Melinda : appuyée sur son épaule, ses longs cils abaissés, les lèvres entrouvertes, une petite veine battait à son cou, là où il l'avait embrassée.

– Vous m'enivrez, Melinda, dit-il d'une voix qui n'était qu'une caresse.

Il l'aida à se relever et la mena jusqu'à la porte du salon, en tenant ses épaules enlacées.

– Dépêchez-vous! Je vous donne un quart d'heure, mais pas plus... Je suis si impatient, ma douce...

Il effleura encore ses lèvres avant que Melinda ne s'échappe dans le grand escalier. Elle atteignit sa chambre et, là, essaya de comprendre ce qui venait d'arriver, et ce qu'il avait voulu dire.

La panique l'envahit. Non! Cela ne pouvait être vrai! Elle devait se tromper!

« Je l'aime! Drogo a sur moi un pouvoir terrible, il m'a éveillée au désir, à la passion...

« Je l'aime mais, lui, ce qu'il désirait de moi est bien différent. »

Sans bien le comprendre, Melinda sentait qu'elle ne pouvait s'y soumettre. Ce serait un acte vil, un véritable crime envers l'amour qu'elle lui portait. Elle lui avait donné tout son cœur dans ce premier baiser mais lui voulait plus encore. Malgré son innocence, Melinda sentait le danger.

Elle s'appuya contre la porte de sa chambre, et

ferma la serrure à clé. Alors, elle comprit qu'il allait venir, qu'il la supplierait d'ouvrir, et qu'elle serait incapable de le lui refuser. Elle brûlait de se retrouver dans ses bras, sous ses baisers. S'il l'appelait, elle ne pourrait pas lui résister.

Melinda courut écarter les rideaux. La pleine lune montait dans le ciel, les étoiles scintillaient. Elle souleva la fenêtre et aperçut en contrebas un vieux figuier aux branches puissantes.

Déjà, derrière la porte, une voix murmurait :

– Melinda...

Elle poussa un petit cri de désespoir et sauta.

Dans son enfance, elle grimpait aux arbres comme un garçon; mais ce soir elle portait une demi-douzaine de jupons. En attrapant la branche la plus proche, elle entendit craquer la soie de sa robe.

Elle toucha vite le sol et, tel un petit animal effrayé, s'enfuit à travers la pelouse jusqu'à l'ombre des arbres.

9

Melinda ouvrit les yeux et son regard s'arrêta sur un grand pilier gris qui s'élevait juste en face d'elle. Alors la mémoire lui revint et elle s'assit sur les coussins de velours cramoisi du banc de chêne sculpté sur lequel elle avait dormi toute la nuit. Quelques heures auparavant, Melinda s'était précipitée dans l'église, comme dans un lieu de refuge; faiblement éclairée par la lumière de la lune qui passait à travers les vitraux colorés, la voûte était parfumée par les fleurs posées sur l'autel. Elle s'était approchée du banc garni de coussins luxueux, celui de la famille de Chard.

Melinda savait qu'elle avait fui son désir autant que celui du marquis. Agenouillée là, elle avait longuement prié pour obtenir l'aide de ses parents.

« Il m'a attirée irrépressiblement dès que je l'ai vu. A présent je vois bien qu'en dépit de ses façons dédaigneuses et irritables, je l'ai aimé au premier regard. Et maintenant il me faut fuir... »

Melinda avait fini par s'endormir, épuisée de fatigue. Au réveil, les terreurs de la nuit lui parurent moins redoutables.

Elle se leva avec un léger frisson car il faisait

froid dans l'église. Les premiers rayons du soleil perçaient par la fenêtre située à l'est.

« Allons! pensa-t-elle. Il faut que je parte! »

Ses pas résonnèrent sur le sol dallé et lorsqu'elle sortit, Melinda se trouva face à un monde gorgé de fraîcheur, doré par le soleil levant.

L'église, toute la nuit, lui avait offert son asile et sa protection; au-dehors, Melinda avait la sensation de retourner au-devant du péril. Mais dans sa famille, on n'avait jamais manqué de courage. Elle saurait faire face au danger qui, peut-être, la menaçait...

En traversant par les jardins, elle atteindrait bientôt la maison qui se dressait, rose et rayonnante, dans la glorieuse lumière matinale. La bâtisse semblait si accueillante que Melinda crut avoir rêvé ses terreurs nocturnes. Elle savait bien, pourtant, qu'il lui faudrait y rencontrer le marquis.

Que dirait-il? Que trouverait-elle à lui répondre?

Les stores étaient encore baissés aux fenêtres et, à la position du soleil, Melinda jugea qu'il devait être à peu près 5 heures. Elle flâna un instant dans la roseraie et aperçut une femme de chambre qui ouvrait une porte latérale. Melinda, arrivant sans bruit derrière elle, la fit sursauter.

– Mon Dieu! Vous m'avez fait peur! s'exclama-t-elle. Oh! Pardon, madame! ajouta-t-elle rapidement. Je n'aurais pas dû...

– Ne vous inquiétez pas, l'apaisa Melinda avec un sourire. Vous ne vous attendiez sûrement pas à rencontrer un hôte du château dehors à cette heure.

– C'est bien vrai, madame.

Melinda pénétra dans la maison silencieuse et

paisible et regagna sa chambre sans rencontrer personne.

Devant sa porte, elle se souvint qu'elle l'avait fermée à clé, la veille. Elle ne sut que faire tout d'abord, puis se rappela qu'une autre porte donnait dans la salle de bains qui n'était pas verrouillée. Ainsi, si le marquis avait voulu à tout prix pénétrer chez elle, il aurait pu le faire sans difficulté...

Melinda regagna sa chambre, rouvrit la serrure et tira les rideaux qu'elle avait écartés pour s'enfuir. Mieux valait ne pas attirer l'attention de sa femme de chambre : elle se déshabilla rapidement, passa sa chemise de nuit et se mit au lit.

Cependant, elle fut incapable de dormir, trop préoccupée par les épreuves qui l'attendaient. Et si le marquis l'embrassait encore? Serait-elle capable de repousser ses baisers? Quelque chose en elle souhaitait aveuglément lui accorder tout ce qu'il pouvait désirer...

Enfin, on apporta le plateau du petit déjeuner; puis Melinda se leva, s'habilla seule mais avec beaucoup de soin, comme pour gagner du temps. Il fallut pourtant descendre.

Melinda pensait trouver le marquis dans le salon, mais il n'y était pas. Elle prit place sur un sofa, un peu désemparée, prit un livre qui lui tomba vite des mains. Elle était tendue, attentive, guettant le bruit d'un pas.

Soudain, elle perçut nettement une rumeur insolite : des hommes, des femmes bavardaient et riaient. Curieuse, elle alla ouvrir la porte du salon et trouva le grand hall rempli de monde. « Des inconnus », pensa-t-elle, jusqu'au moment où elle reconnut l'un d'eux. A cet instant, le marquis apparut sans la voir et Melinda sentit son cœur bondir dans sa poitrine. Il portait une tenue de cheval et tenait un fouet à la main. Deux de ses chiens bondissaient à ses côtés.

– Quelle invasion! fit-il à mi-voix, en voyant cette petite foule qui se tournait vers lui.

Il eût été difficile de dire s'il était content ou furieux de leur arrivée.

– Drogo! Quelle diable d'idée de partir sans prévenir personne!

Melinda n'avait que trop facilement reconnu la ravissante personne qui venait de prononcer ces mots.

– Je ne m'attendais certainement pas à vous voir ce matin, lady Quille! dit le marquis.

– Mais vous en êtes ravi! Dites que vous l'êtes, allez!

Devant la moue provocante de la jeune femme, Melinda eut un geste involontaire de détresse. Le capitaine Vestey l'aperçut alors et vint vers elle :

– Melinda! Je suis heureux de vous voir! Avez-vous fait un bon voyage, hier?

Il lui baisa la main, tandis qu'elle se forçait à répondre sur le même ton :

– Excellent! C'est un vrai plaisir de quitter Londres par ce beau temps!

– Oui, et Caroline a eu la même idée!

Caroline? Ah oui! C'était le prénom de « miss Quille » qui se tenait maintenant devant le marquis, exquise dans une amazone vert émeraude, qui soulignait sa taille incroyablement menue.

– Allons, Drogo, vous vous seriez mortellement ennuyé à la campagne! lança-t-elle de sa voix claire.

Le marquis dégagea ses mains de son étreinte et alla saluer ses autres amis, tous gentlemen élégants et raffinés. Quand le capitaine Vestey les présenta à Melinda, ils la saluèrent avec beaucoup d'aisance, mais avec une familiarité qui lui déplut une fois encore.

– Ça fait sacrément plaisir de vous revoir, Drogo! reprit Caroline, avec ce vocabulaire qui faisait sursauter Melinda. Quand Gervais nous a appris que vous plaquiez Londres, on s'est dit qu'on allait venir vous donner un coup de main pour supporter la solitude!

– C'est aimable à vous, dit le marquis d'un ton sarcastique, mais pourquoi une telle escorte?

– J'ai un paquet de chaperons avec moi, hein? dit la fille en riant. Cette petite bonne femme, là-bas, n'en a pas eu besoin, on dirait!

Elle regardait Melinda avec une hostilité non déguisée. Les messieurs qui l'entouraient parurent aussitôt mal à leur aise, comme le sont toujours les hommes lorsqu'ils prévoient des disputes féminines.

– Vous nous faites servir quelques rafraîchissements, Drogo? intervint très vite Vestey. Personnellement, je n'ai pas pris le temps de déjeuner et je meurs de faim.

– Dites, j'ai eu une idée en traversant le parc; j'ai pensé que l'endroit serait épatant pour une course! reprit Caroline.

– Mais elle a raison! s'exclama l'un des hommes. L'allée est toute droite. Les marches du perron serviraient de tribune d'où l'on pourrait voir les cavaliers sur tout le parcours! Pourquoi ne nous en sommes-nous pas avisés plus tôt?

– Parce que vous êtes un tas de satanés idiots! déclara Caroline. Venez, on va y jeter un coup d'œil!

Tous la suivirent jusqu'à la porte et, sur une brusque impulsion, Melinda se joignit à eux. Le parc s'étendait, lisse et verdoyant, entre ses grands arbres, encadré par les champs bruns et dorés.

– Vous vous rendez compte! Un champ de courses naturel!

– C'est exact! s'exclama Vestey. Il faudra que vous essayiez, un de ces jours, Drogo.

– Pourquoi attendre? protesta Caroline. Je défie n'importe lequel d'entre vous. A combien fixons-nous l'enjeu? Cinq cents guinées?

– C'est trop élevé, Caroline! protesta quelqu'un. Vous savez bien que vous allez gagner!

– Quel froussard vous faites! rugit-elle, hargneuse. Allons, remuez-vous un peu! Cinq cents guinées que Saracen et moi battons n'importe lequel d'entre vous!

Les messieurs se regardèrent sans enthousiasme. Aucun n'acceptait. Alors on entendit une petite voix, que Melinda eut du mal à reconnaître comme la sienne, et qui lança :

– Je relève votre défi!

Le silence tomba sur le perron. Tout le monde se tourna vers Melinda, point de mire des regards stupéfaits.

– Voyons, ma chère... commença Vestey.

– Impossible! interrompit le marquis.

– Pas du tout! J'accepte le pari proposé par miss Walters, à une seule condition : que je puisse choisir un cheval à mon goût dans vos écuries.

– C'est normal, intervint l'un des visiteurs. Drogo possède d'ailleurs quelques superbes montures. Attention à vos lauriers, belle Caroline.

– Mes lauriers! Je ne m'en préoccupe pas! Je parie ce que vous voulez que je bats cette créature sur toute la ligne!

Melinda rougit un peu sous l'insulte grossière, mais ses yeux étincelèrent et ses lèvres se durcirent quand le marquis répéta :

– Je ne veux pas de ça!

– Vous ne pouvez m'en empêcher, milord, dit-elle.

– En effet! appuya une voix. Allons, Drogo, montrez-vous sportif! Laissez donc ces filles en faire à leur tête! Après tout, nous ne connaissons pas les talents de miss Melinda!

Vestey, cependant, tirait discrètement Melinda par la main :

– Ne faites pas cela! Vous êtes folle! Caroline est la meilleure amazone du pays! Dites que vous êtes malade! Obéissez à Drogo!

Mais Quille, accrochée au bras du marquis, le provoquait du regard et lui parlait tout bas.

– Dans combien de temps miss Walters désire-t-elle que la course ait lieu? demanda Melinda.

Par-dessus son épaule, Caroline répondit avec brusquerie :

– Cela ne presse pas! Il ne me faudra pas longtemps pour vous battre, « miss Ambitieuse »! J'espère seulement que vous aurez de quoi payer l'enjeu! Voilà tout ce qui m'inquiète!

– Si vous gagnez, je paierai! assura Melinda, très calme.

– Les rafraîchissements sont servis, milord!

La voix du maître d'hôtel vint rompre la tension qui montait entre les deux femmes. Caroline passa la première dans le hall en jetant un regard dédaigneux à Melinda qui se dirigea vers les escaliers.

– Melinda!

A l'appel du marquis, Melinda s'arrêta; ils étaient maintenant seuls dans le hall.

– Quelle sotte vous faites! lui dit-il. Vous allez vous rompre le cou!

Sans répondre, elle lui tourna le dos et courut jusqu'à sa chambre où elle se rendit compte qu'elle n'avait pas d'habit de cheval.

– Y aurait-il, dans la maison, une amazone que je

puisse porter? demanda-t-elle à la femme de chambre qu'elle venait de sonner.

– Je n'en sais rien, miss, mais je peux demander à Mrs Meadows, la gouvernante, répondit la femme avec le même regard hostile que la veille.

Mrs Meadows, une vieille dame ratatinée, accourut.

– Une amazone! Je ne sais pas du tout, miss, si je vais pouvoir trouver quelque chose qui vous convienne! Vous êtes si menue!

– Je vous en prie! implora Melinda. C'est très important!

Si elle ne pouvait participer à la course ce serait comme un aveu de défaite aux yeux de Caroline et aussi du marquis. « Pourtant, n'est-ce pas insensé de risquer ainsi tout mon argent, tous mes espoirs de vivre auprès de Nanna, dans une course aux chances inégales... Mais il me faut vaincre Caroline. Et pas seulement à cheval... »

– Je vous en supplie, aidez-moi! répéta-t-elle.

– Je me demande ce qu'une jolie jeune dame comme vous peut avoir à faire avec ces jeunes fous! Vous êtes trop jeune, pour vous mêler à eux, murmura Mrs Meadows en la dévisageant.

– Je veux juste disputer cette course!

– Eh bien! Venez, miss, nous allons inspecter mes réserves. Ah! si vous étiez un garçon, ce ne serait pas difficile! J'ai soigneusement rangé tous les vêtements de Sa Seigneurie, depuis son enfance, au fur et à mesure qu'il grandissait. Il y a bien aussi quelques toilettes de la dernière marquise. Mais elles sont trop grandes.

Elles arrivèrent à une vaste lingerie, tapissée de placards.

– Sont-ils pleins de vêtements? demanda Melinda.

– Parfaitement, miss, et certains d'entre eux sont

très beaux. Les robes de pair de Sa Seigneurie, par exemple, celle qu'il a portée au couronnement de la reine et celles de son père, avant lui, et de son grand-père. Et aussi quatre générations de robes de mariées. Le jeune marquis se moque souvent de moi et appelle ça « mon musée ». C'est un peu vrai, on trouve ici une partie de l'histoire de Chard. (Mrs Meadows s'emporta soudain :) Vraiment, miss, a-t-on jamais vu ici une personne qui ressemble à cette... « lady Quille »! fit-elle avec dédain.

– Justement, c'est elle que je veux battre à la course! Quelle créature odieuse! Je ne savais même pas qu'il existait de telles femmes! Mais elle est si belle!

– Certes non, elle ne l'est pas! Ces créatures-là ne sont pas vraiment belles! (Mrs Meadows s'interrompit et reprit :) Oh! Miss! J'ai ce qu'il vous faut! Je ne pensais plus à l'amazone que la grand-mère de Sa Seigneurie a rapportée de France, où elle avait participé à la chasse du roi Louis XV. C'était une dame très petite.

Tout en parlant, Mrs Meadows ouvrait des portes et fouillait dans ses placards pour sortir finalement une amazone de velours bleu roi, avec des broderies d'argent et des boutons bleu saphir. Elle avait, pour accessoires, un jabot de dentelle et un petit tricorne orné d'une plume.

– Ravissant! s'exclama Melinda.

– Essayez-la, miss. Je pense qu'elle vous ira. J'ai l'œil, pour les mesures. Et maintenant, où sont les bottes?

Un quart d'heure plus tard, Melinda descendait lentement le grand escalier. Elle avait conscience d'être à son avantage, malgré l'aspect désuet de son costume qui tenait plutôt du déguisement. Cependant, la couleur du velours avivait le bleu de ses yeux, les dentelles précieuses du jabot éclairaient son visage, et les petits boutons en diamants et saphirs véritables étincelaient à chacun de ses pas.

Dans la salle à manger, les convives du marquis parlaient et riaient très haut. Melinda sortit et gagna les écuries où les palefreniers s'affairaient autour des chevaux des invités. La monture de Caroline était si fougueuse que deux garçons suffisaient à peine à la contenir.

Le chef palefrenier, un homme âgé avec qui Melinda avait parlé la veille, s'approcha.

– Désirez-vous un cheval, miss?

– Oui. Je voudrais monter Thunderbolt.

– Jamais Sa Seigneurie ne le permettra, miss! s'écria-t-il, épouvanté. Je vous l'ai dit, il est déjà difficile à monter pour un gentleman, jamais il n'acceptera une dame.

– Je le monterai! répéta Melinda. Laissez-moi entrer dans sa stalle.

– Prenez garde, miss! Il a blessé l'un de mes valets, l'an dernier, et l'a envoyé à l'hôpital pour trois mois!

– Je ferai attention!

Thunderbolt bougea les oreilles et souffla par les naseaux, de façon assez agressive, lorsque Melinda pénétra dans la stalle. Elle lui parla de la voix dont elle se servait pour ses propres chevaux puis, très lentement, posa une main sur son encolure.

– N'est-ce pas que tu vas m'obéir, mon garçon? Tu vas leur montrer ce que tu sais faire et m'aider à me prouver quelque chose à moi-même!

Melinda lui parla longuement, et elle eut l'impression que le cheval la comprenait. Enfin, elle lui caressa le nez et se tourna vers le vieil homme qui l'observait.

– Sellez-le! Je crois qu'il a compris!

– Je n'ai jamais rien vu de semblable de toute ma vie! affirma le palefrenier. Je vais le seller moi-même, madame, je ne fais pas confiance à tous ces gamins, quand il s'agit de lui. Mais que va dire Sa Seigneurie?

– Je le monterai moi-même jusqu'à la porte d'entrée, décida Melinda, certaine d'être en meilleure position pour discuter, si elle était déjà en selle.

Lorsque la compagnie sortit de la salle à manger, après s'être jetée sur la collation et le champagne servis par le maître d'hôtel, Melinda promenait Thunderbolt devant le perron.

– Seigneur! s'exclama Gervais Vestey. Quel est ce cheval que monte Melinda? Quel animal magnifique!

– Thunderbolt, dit le marquis d'un ton sec.

Gervais comprit que son ami était très en colère.

– Je ne veux pas de ça! cria Drogo en marchant sur Melinda. Comprenez-vous? Je vous défends de le monter!

– Peut-être, mais je le monte!

– Alors, je vais le ramener aux écuries et vous en trouver un autre!

Le marquis avança la main pour saisir la bride de Thunderbolt mais le cheval eut une curieuse réaction. Il recula en renâclant et Melinda dut l'emmener un peu plus loin, en lui parlant tout bas pour le calmer :

– Doucement, mon garçon! Doucement! Si tu te montres nerveux, on m'empêchera de te monter et ce sera un vrai malheur!

Le marquis haussa les épaules. A cet instant, on amena des écuries le cheval de Caroline qui s'apprêta à se mettre en selle. Elle riait et réclamait bruyamment ses gants, sa cravache, tout en plaisantant lestement avec les jeunes gens qui l'entouraient.

Soudain, elle aperçut Melinda sur le grand étalon brun. Elle se tut et ses yeux s'étrécirent.

– Mon Dieu! Quelle affaire! ricana-t-elle. Ma concurrente veut sans doute se tuer! Et ce sera un vrai meurtre, qui sait?

Elle se remit à rire et, poussant sa monture jusqu'à la hauteur du marquis, elle posa une main sur son épaule :

– Allons, Drogo, un peu de bon sens, pariez votre argent sur moi! J'aimerais vous faire gagner!

– Merci, mais je désapprouve cette course et je ne parierai pas un sou sur aucun des partants!

– Alors, je déposerai mon triomphe à vos pieds! Et il ne s'agit plus de ces cinq cents guinées, vous vous en doutez!

– Le risque est pour vous tout entier, répliqua le marquis en refusant d'entrer dans son jeu. Je ne m'en occupe pas!

Melinda n'entendait pas ce qu'ils disaient, mais en ressentit pourtant une vive peine. Caroline était si resplendissante!

Sans pouvoir en supporter davantage, elle fit tourner bride à Thunderbolt et partit vers l'endroit choisi comme point de départ. Il y eut une courte discussion pour savoir qui donnerait le signal : le marquis refusa et Vestey en fut chargé. Il donna force instructions à ses amis, avant de monter en selle à son tour et de rejoindre Melinda, Caroline derrière lui.

– Connaissez-vous le parcours? dit Gervais. Vous voyez d'ici les trois premiers obstacles : vous tournez ensuite et revenez par l'autre côté du parc. Là-bas, vous avez encore trois obstacles à sauter, et voici la ligne d'arrivée.

– Ne vous inquiétez pas! Je parie que ma concurrente ne passera pas la première barrière!

Caroline parlait haut, cependant Melinda eut l'impression qu'elle avait perdu un peu de son assurance.

– A présent, à vos places! Je vais vous donner le signal en comptant : un, deux, trois, et quand j'agiterai mon mouchoir, vous partirez.

Vestey s'éloigna un peu; les deux femmes firent tourner leurs chevaux et attendirent.

– Un... Deux... Trois...

Il agita son mouchoir.

Thunderbolt partit avec ardeur mais Melinda le tint court, sachant qu'il n'était pas souhaitable de commencer trop vite une course. Elle arriva sur le premier obstacle et comprit pourquoi Caroline avait escompté sa chute : le fossé très large, avec une forte pente de l'autre côté, permettait de vérifier à la fois l'expérience de la cavalière et de la monture.

– Tiens-toi ferme! dit Melinda, obligeant Thunderbolt à prendre son élan moins vite qu'il ne l'aurait voulu.

L'animal survola le fossé et reprit pied sans difficulté.

Les précautions de Melinda avaient donné plusieurs longueurs d'avance à Caroline. Déjà, le second obstacle était proche; Melinda l'aborda de la même façon, puis rendit la main à Thunderbolt. Elle jeta un coup d'œil au troisième obstacle et aperçut une petite rigole qui coulait derrière la haie. Le saut du cheval fut si juste qu'il s'éclaboussa.

Sa rivale avait encore une demi-longueur d'avance. A présent, les cavalières faisaient demi-tour vers la maison. Melinda lança un coup d'œil à sa concurrente. Quelle splendide amazone! Elle avait bien mérité sa réputation, avec son cheval qui semblait faire partie d'elle-même.

Caroline menait toujours. Elle s'envola par-dessus la cinquième barrière et, bien que Thunderbolt ait repris un peu de terrain, elle menait toujours au dernier obstacle.

Le moment était venu pour Thunderbolt de déployer toute sa puissance. Melinda l'effleura du bout de sa cravache mais ce ne fut même pas nécessaire car l'étalon, comme s'il devinait ce qu'on attendait de lui, avait commencé à gagner du terrain, pouce à pouce. Maintenant, Melinda apercevait la foule des gentlemen, sur la ligne d'arrivée.

– Vas-y, Thunderbolt! cria-t-elle, surprise du ton de sa propre voix. Le cheval s'élança avec une force renouvelée, comme s'il sentait l'importance de l'instant.

Les rires des jeunes gens déferlaient par vagues, le vent fouettait son visage. Thunderbolt arriva à la hauteur du cheval de Caroline, le dépassa...

Avec une bonne longueur d'avance, il franchit la ligne d'arrivée.

Pendant un moment, Melinda lutta pour retenir sa monture. Les mains et les bras brisés de fatigue, elle parvint à le diriger vers les écuries et le ramener au petit galop. Alors, elle pensa à sa victoire...

Quelque part sur le trajet de la course, elle avait perdu son tricorne, ses cheveux défaits ruisselaient sur ses épaules.

La foule maintenant l'entourait, l'applaudissait, la félicitait, lui criait combien elle avait été magnifique. Mais elle cherchait des yeux une seule personne, le marquis. Enfin, elle l'aperçut qui la regardait sans sourire, avec une expression indéchiffrable.

Un des messieurs amena Thunderbolt jusqu'au

bas du perron pour qu'elle puisse descendre. Melinda se sentait soudain très fatiguée, même pas exaltée par la victoire. Le regard du marquis avait gâché tout son plaisir.

Elle s'affaissa un instant sur sa selle. Alors, des bras puissants et familiers l'enlevèrent, et Drogo l'emporta dans le hall; mais, au lieu de la déposer à terre, il monta l'escalier jusqu'à sa chambre, où il l'étendit doucement sur le lit.

Appuyée aux oreillers, elle le regardait éperdument.

– Espèce de petite idiote! s'exclama-t-il d'une voix chargée d'émotion. Vous auriez pu vous rompre les os!

10

Melinda, rompue de fatigue, sombra bientôt dans un lourd sommeil. Au réveil, elle croyait toujours entendre la rudesse de la voix du marquis, quand il avait dit : « Petite idiote! Vous auriez pu vous rompre les os... » Ces mots résonnaient sans cesse dans son esprit.

Cependant, Melinda se sentait comme délivrée par cette course car elle n'avait pas seulement lutté contre Caroline. Trop longtemps maltraitée, ignorée, considérée avec dédain comme une parente pauvre et, pour finir, fouettée comme une bête, elle avait accumulé un immense ressentiment, qui s'était libéré aujourd'hui et qui maintenant, comme par miracle, n'existait plus.

Cependant, Melinda avait souhaité par-dessus tout gagner l'estime du marquis, peut-être son admiration. Sur ce point, elle avait échoué.

Les gentlemen, quand elle avait passé la ligne avant Caroline, avaient paru stupéfaits. Ils ne pouvaient pas savoir que son père, déçu de ne pas avoir un fils, l'avait élevée comme un garçon, malgré les protestations de sa mère. Il estimait qu'elle montait aussi bien qu'un homme – un compliment dans sa bouche!

Melinda avait gagné et effacé ce regard arrogant

dans les yeux de Caroline. Mais à quoi bon? Le marquis continuait à la mépriser.

Elle sauta du lit avec fébrilité. Elle sonna la femme de chambre, prit un bain et passa une robe blanche garnie de dentelle et de rubans bleus.

Pendant qu'on la coiffait, Melinda constata que toute trace de fatigue avait disparu de son visage. « La femme que va rencontrer le marquis n'est plus une misérable inconnue, mais celle qui a battu sur son terrain la célèbre Caroline Walters! » songea-t-elle en se regardant dans le miroir de la coiffeuse : sir Hector lui-même ne pourrait la reconnaître ainsi coiffée et habillée.

Lorsque Melinda descendit l'escalier, la maison semblait paisible. Dans le salon, au lieu de la foule rieuse, elle ne trouva que le capitaine Vestey.

– Sont-ils partis? demanda-t-elle.

Vestey se détourna de la fenêtre et la dévisagea.

– Oh! C'est vous, Melinda! J'attends Drogo. Il surveille le départ de ses hôtes.

– Ainsi, ils s'en vont!

– Oui... Approchez, et asseyez-vous, vous devez être fatiguée!

– Je me suis reposée. Je vais très bien, à présent.

– Vous avez été splendide! Je ne connais aucune autre femme capable de monter Thunderbolt et de battre Caroline. Qui vous a appris à monter ainsi?

– Mon père, et ce depuis l'âge de trois ans.

– Vous êtes une cavalière accomplie! s'exclama Gervais. Je n'ai jamais rien vu de plus beau que la façon dont vous avez tenu en main Thunderbolt pendant la dernière partie du parcours.

– Pourtant, Sa Seigneurie est en colère contre moi!

– Bien entendu! Il redoutait que vous vous brisiez le cou!

– Et... si cela m'était arrivé? Est-ce que cela... Enfin, aurait-il perdu son héritage?

– Quelle idée! Non, naturellement! Il s'inquiétait pour vous, voilà tout! Si vous deviez disparaître pendant ces six mois exigés par la douairière, je pense qu'il toucherait la fortune tout de suite.

Le cœur battant, Melinda répéta :

– Ainsi, il s'inquiétait vraiment pour moi?

– Comme vous connaissez mal Drogo... commença Vestey. Mais...

– Ils sont partis! annonça le marquis en pénétrant dans la pièce.

Puis il remarqua la présence de Melinda et sans un mot vint s'asseoir près d'elle. Il la contempla, notant sa fragilité, ses mains menues, et le regard anxieux qu'elle levait vers lui.

– Je ne peux encore y croire! Jamais je n'aurais imaginé qu'une femme puisse monter Thunderbolt!

– Merci de m'avoir permis de le faire...

– Je n'ai pas eu le choix! Enfin, tout s'est bien passé. Et même, vous avez gagné!

– C'est vrai! Cinq cents guinées! Croyez-vous que Caroline les versera? demanda Vestey.

– En tout cas, quelqu'un paiera! dit le marquis. Même dans le monde de miss Quille, une dette de jeu est une dette d'honneur.

Melinda se demanda ce qu'il voulait dire par ces mots : « Même dans le monde de miss Quille »... Etait-il, ce monde, si différent de celui du marquis? Elle se souvint du dégoût qu'avaient provoqué chez elle les femmes de la réception qui avait eu lieu le soir de la mort de la vieille marquise. Et ces paroles grossières qui se déversaient sans arrêt de la bouche de Caroline!

Tout le plaisir qu'elle avait retiré de sa victoire s'évanouit. Melinda comprit qu'en luttant avec Caroline, elle s'était rabaissée à son niveau.

– Quelle course fantastique! continuait Vestey.

Sourde aux paroles que les deux jeunes gens échangeaient, elle se dressa d'un bond.

– Puis-je vous demander quelque chose?

– Bien sûr!

– Alors, ne parlons plus de cette course. J'ai eu tort d'accepter le défi de miss Walters. Je pensais que Thunderbolt pouvait la battre, mais je n'aurais pas dû... Voulez-vous lui faire dire, de ma part, que je n'accepte pas son argent? Qu'elle le garde!

Le marquis regardait Melinda, sans rien dire.

– Et pourquoi? s'exclama Vestey. Si Caroline a la décence de vous envoyer cet argent, vous devez l'accepter!

– Non... Si elle insiste, elle n'a qu'à en faire don à une œuvre de charité.

– Je croyais que l'argent vous intéressait? fit observer le marquis. Vous m'avez dit que c'est la raison pour laquelle vous avez accepté ma proposition.

– Oui, c'est exact, mais cet argent-là me suffit. Je ne veux pas de celui de miss Walters.

– Vous ne l'aimez pas?

Melinda faillit dire ce qu'elle pensait de Caroline et des femmes de sa trempe. Mais n'allait-il pas croire qu'elle était jalouse de Caroline Walters?

– N'en parlons plus, voulez-vous?

Comme elle se détournait, le marquis lui prit la main. Elle frémit à son contact, et le dévisagea avec appréhension :

– Vous êtes étrange, Melinda, murmura-t-il malgré la présence de Vestey. Je ne vous comprends guère! Que se passe-t-il dans cette petite tête, derrière ces yeux qui paraissent pleins d'innocence? Dites-le-moi! Révélez-moi vos pensées!

Il pressait ses doigts à lui faire mal et il sembla à Melinda qu'il voulait la forcer jusque dans son plus secret refuge.

– Mes pensées m'appartiennent, milord!

Ils restèrent un moment, les yeux dans les yeux, totalement isolés du reste du monde. Alors la voix de Vestey s'éleva, qui brisa le charme :

– Tout cela est ridicule! Melinda doit accepter cet argent et le mettre de côté pour plus tard. Elle ne sera pas toujours aussi belle qu'aujourd'hui, et quand elle aura perdu de son charme, elle sera heureuse de retrouver un petit pécule.

– C'est vrai! approuva le marquis sèchement en relâchant la petite main.

– Je refuse cet argent, et je ne veux plus en entendre parler, protesta la jeune fille. Je vous remercie de vous préoccuper de moi, mais ma décision est prise et je n'en changerai pas, affirma-t-elle.

– Alors, parlons d'autre chose! reprit Drogo avec irritation. Si nous faisions un piquet, Gervais? Melinda pourrait nous regarder jouer.

– J'ai horreur de ce jeu!

– Voulez-vous que je joue avec vous? demanda Melinda.

– Allons, encore un nouveau talent! fit le marquis en haussant les sourcils. Ils semblent inépuisables!

Il se dirigea pourtant vers la table à jouer et ils s'installèrent. La qualité de jeu de Melinda sembla irréprochable au jeune homme et, par surcroît, elle avait de la chance.

Ils jouaient en silence depuis près d'une heure, et Melinda commençait à penser qu'il était temps d'aller se changer avant le dîner, quand le maître d'hôtel annonça :

– Lord Wrotham, Votre Seigneurie!

Comme le marquis se levait, Melinda déposa soigneusement ses cartes, au cas où le jeu continuerait après cette visite. Puis, elle tourna la tête vers l'arrivant : c'est alors qu'elle le reconnut...

Cet homme qui serrait la main du marquis et saluait le capitaine Vestey, elle ne l'avait vu qu'une fois, quelques instants, mais jamais elle n'avait oublié ce visage de débauché, ces yeux pleins de méchanceté...

Melinda se détourna, dans l'espoir qu'il ne la verrait pas. D'ailleurs, il ne la reconnaîtrait sans doute pas, après cette unique et brève rencontre!

– Caroline m'envoie, dit lord Wrotham, je viens payer ses dettes de jeu et souhaite rencontrer l'incomparable amazone que nous avions tous ignorée jusqu'à présent!

– Quel lyrisme, Wrotham! se moqua le marquis. Laissez-moi donc vous présenter; voici lord Wrotham, qui vient vous régler ce que l'on vous doit. Lord Wrotham, miss Stanyon!

Melinda, contrainte de se retourner, fut épouvantée par l'expression du regard de lord Wrotham.

– Miss Melinda Stanyon! Je me doutais bien qu'il n'en existait pas deux! Melinda n'est pas un prénom courant! Ainsi, mon enfant, j'ai fini par vous retrouver!

Il s'avança, prit sa main et la porta à ses lèvres. Au contact de cette bouche tiède, hardie, possessive, Melinda arracha sa main.

– Je vous ai longtemps cherchée! Vous allez faire vos bagages et me suivre. Ma voiture est à la porte.

– Que se passe-t-il donc? s'interposa le marquis furieux. Vous avez déjà rencontré Melinda, je suppose? Est-ce une raison pour qu'elle vous suive? Elle est mon invitée.

– Je ne comprends pas comment elle a pu quitter Ella Harcourt autrement qu'en ma compagnie! Il s'agit là d'un malentendu que l'on peut dissiper. Melinda vient avec moi, Chard. Ma maison, vous le savez, est à cinq miles d'ici et Caroline s'y trouve pour le week-end.

– Melinda vous remercie pour votre invitation, mais elle séjourne chez moi et ne désire pas partir. N'est-ce pas, Melinda?

La jeune fille s'approcha du marquis, comme pour se placer sous sa protection.

– Oui, bien sûr! murmura-t-elle nerveusement. Je vous remercie, lord Wrotham, mais... je reste ici... et ne désire pas me rendre ailleurs.

– Cessons tout cela, Melinda! Allez faire vos bagages et suivez-moi. Je suis désolé, Chard. Il existe d'autres jolies filles. Celle-ci est à moi.

– Je n'ai aucune idée de ce que vous voulez dire, mais Melinda ne quittera pas ma maison. Et, comme vous commencez vraiment à l'importuner, je me vois obligé de vous saluer, Wrotham.

– Je crains que ce ne soit pas si simple que ça! J'ai horreur qu'on me vole! C'est une question de principe. Melinda va me suivre, j'insiste.

– Je vous dis qu'elle restera ici!

– Mais enfin, la parole revient à Melinda! C'est à elle de faire son choix! intervint Vestey en lançant à Melinda un regard désespéré, qui acheva d'effrayer la jeune fille.

– Certes! dit-elle, la voix et les genoux tremblants. Je... Je veux rester ici! J'ai promis que je le ferais!

– C'est exact! renchérit le marquis. Vous avez votre réponse, Wrotham. Voulez-vous, je vous prie, mettre un terme à cette scène désagréable et retourner auprès de vos invités? Caroline doit vous attendre avec impatience.

Wrotham ne bougea pas, et sa voix, cinglante comme une lame bien affilée, claqua dans la pièce :

– Je le répète, Melinda m'appartient. Elle va venir avec moi.

Le marquis porta une main à son front :

– Ne comprenez-vous pas ce que je dis? Melinda est ici par sa propre volonté, elle est libre et vient de vous affirmer qu'elle ne voulait pas vous suivre. Il n'y a donc plus rien à ajouter!

– Très bien, Chard, vous me forcez à prendre une décision très déplaisante! Si vous ne permettez pas à Melinda de me suivre, comme j'estime que c'est son devoir, vous allez me forcer à me battre pour l'emmener.

– Un duel! s'exclama le marquis.

– Précisément! Demain à l'aube, vers 5 heures et demie, vous me trouverez à l'endroit habituel. Vous savez, derrière la Serpentine!

– C'est ridicule! s'écria Vestey. Le duel est interdit, vous ne l'ignorez pas, Wrotham! Si la reine en entend parler...

– Sa Majesté ne l'apprendra qu'après. Et les morts ne parlent pas.

Lord Wrotham avait aux lèvres un petit sourire cynique et cruel lorsqu'il se tourna vers Melinda :

– Je regrette, ma chère, que vous ne puissiez pas être mon invitée avant demain soir. Je vous enverrai chercher. Ayez la gentillesse de vous tenir prête.

Melinda chercha une réponse mais elle se sentait paralysée d'effroi.

Comme s'il dominait la situation, lord Wrotham prit sa main et, tranquillement, la porta une dernière fois à ses lèvres. Ses yeux détaillèrent la jeune fille qui se sentit frissonner d'horreur. Enfin, il quitta la pièce en arborant toujours son affreux sourire.

Pendant un moment, dans le salon, personne ne bougea ni ne parla. Puis, sans songer à ce qu'elle faisait, Melinda courut au marquis, et se jeta contre son épaule :

– Je ne veux pas partir avec lui, je ne veux pas! Ne le laissez pas m'emmener! Je le déteste! Il m'effraie...

Doucement, le marquis se dégagea puis il sortit sans un regard pour elle ou Vestey. Alors Melinda, sanglotante, se tourna vers Gervais :

– Je vous en prie, rattrapez-le!

– Non, il a besoin de rester seul.

– Mais un duel, c'est impossible! cria Melinda. Ils sont interdits!

– Ils ont lieu quand même, et Wrotham en est même un spécialiste!

– Quoi? Que voulez-vous dire?

– Seulement qu'il a déjà tué trois hommes en duel, répondit Vestey, lugubre. Je suis convaincu qu'il a toujours haï Drogo et que votre présence lui a servi de prétexte pour le provoquer.

– Sa Seigneurie peut refuser! protesta Melinda.

– Ne soyez pas ridicule! Vous savez bien qu'on le prendrait pour un lâche et qu'il ne pourrait plus se montrer nulle part sans s'attirer de quolibets!

– Mais il n'a aucune raison de se battre avec lord Wrotham!

– La raison, c'est vous, apparemment!

Vestey se laissa tomber sur une chaise comme si ses jambes ne pouvaient plus le porter.

– De toute façon, Drogo ne pouvait ni vous céder à Wrotham ni refuser de se battre avec lui. C'est un piège! Dans un cas comme dans l'autre, il serait déshonoré, si peu honorable que soit Wrotham!

– Mais si... si lord Wrotham... le tue... prononça Melinda très bas, épouvantée par ses propres paroles.

– Wrotham l'a fort bien dit, les morts ne parlent pas! On chuchotera un moment dans les clubs que Wrotham tire toujours sur son adversaire avant le signal... Mais on défend peu les morts, et Wrotham dispose d'une grande influence dans certains cercles.

Les larmes ruisselaient toujours sur les joues de Melinda :

– Alors, que pouvons-nous faire? s'écria Melinda.

– Prier, voilà tout! répliqua durement Vestey. Je n'ai pas dû prier depuis que j'étais en pension à Eton! Mais si jamais la prière fut nécessaire, c'est bien dans ce cas. Vous pouvez vous en charger, cela convient bien aux femmes; mais ne vous y trompez pas, Wrotham est déterminé à envoyer sa balle dans le cœur de Drogo!

– Oh! cria Melinda, pourquoi a-t-il fallu que je le rencontre?

– Oui, pourquoi!

Vestey, l'air désespéré, se leva et se dirigea vers la porte. Alors, Melinda, assise devant la table à jouer, s'abattit sur les cartes éparpillées, les épaules secouées de sanglots. Elle n'était plus qu'un petit animal prisonnier. Enfin, elle leva la tête.

« Je dois monter dans ma chambre pour me baigner le visage et m'habiller pour le dîner », se dit-elle au moment où une femme de chambre entra dans le salon :

– Je viens vous demander, miss, si vous désirez que l'on vous serve votre dîner dans votre appartement?

– Pourquoi? demanda Melinda, redoutant que le marquis ait donné l'ordre de la servir à part, parce qu'il ne pouvait plus supporter sa vue.

– Parce que vous seriez seule, dans la salle à

manger, miss. Vous préférerez peut-être dîner en haut.

– Seule! s'exclama-t-elle.

– Oui, miss, vous l'ignoriez? Sa Seigneurie et le capitaine Vestey viennent de partir pour Londres et je croyais...

Elle s'interrompit, tout en regardant la jeune fille avec une vive curiosité. « Evidemment, elle doit se demander s'il y a eu rupture, et si l'on m'a laissée à dessein! » réfléchit Melinda.

– Oui, bien entendu! J'avais oublié que Sa Seigneurie partirait si tôt, rectifia-t-elle très vite.

Comment avait-il pu partir sans lui dire au revoir? Peut-être la détestait-il... Qu'avait-il ressenti en s'éloignant, en regardant une dernière fois Chard, cette maison qui signifiait tant de choses pour lui qui avait essayé de la sauver à tout prix? Quelle amère ironie s'il se faisait tuer à cause de la jeune femme qui l'avait aidé à tromper la vieille marquise!

Melinda cacha son visage dans ses mains :

« Oh! Drogo! Drogo! comment ai-je pu vous faire cela? Comment ai-je pu attirer sur vous un tel malheur alors que je vous aime tant! »

– Quelque chose ne va pas, miss? demanda la soubrette.

– Non, rien... J'ai la migraine. Voulez-vous préparer mes bagages et commander une voiture? Je pars pour Londres dans une heure.

– Une voiture, miss?

Le ton insolent de la femme de chambre insinuait qu'elle n'avait pas à donner d'ordre.

– Oui, une voiture, pour 9 heures, à moins, bien sûr, que Sa Seigneurie n'ait déjà donné ses ordres dans ce sens. Mais je pense qu'il a dû l'oublier dans la précipitation de son départ.

Cette fois, la servante acquiesça :

– Je vais aller m'en occuper, miss. Mais ne voulez-vous pas manger quelque chose avant de partir?

– Faites-moi monter un plateau, mais je n'ai pas très faim.

– Bien, miss.

La femme de chambre sortie, Melinda se leva, déterminée à agir. Impossible de rester ici, à trembler . Quelle réception l'attendait, dans la maison de Grosvenor Square? Peut-être valait-il mieux ne pas imposer sa présence au marquis. Peut-être ne supporterait-il plus sa vue et aurait-il besoin de garder tout son calme, avant le duel? Pourtant, Melinda *savait* qu'elle devait se rendre à Londres.

Un profond sentiment de culpabilité l'accablait. Si elle n'avait pas accepté l'invitation de Mrs Harcourt, elle n'aurait jamais rencontré lord Wrotham. Mais alors, elle n'aurait pas connu le marquis! Elle se sentait insignifiante, entraînée malgré elle dans une vaste intrigue pleine de traîtrise et de méchanceté.

Caroline avait envoyé lord Wrotham payer sa dette pour prendre sa revanche. Lorsqu'elle avait prononcé le prénom de Melinda, lord Wrotham l'avait reconnu, car ce n'était pas un nom courant.

Soudain, avec un petit cri, elle se souvint avoir vu, quelque part dans la maison, ce dont elle avait besoin.

Melinda courut dans la bibliothèque, que le soleil couchant éclairait encore. Elle se dirigea vers les fenêtres et constata qu'elle ne s'était pas trompée.

Ils reposaient sur un guéridon dans une élégante boîte de cuir aux armes de Chard!

Une paire de pistolets de duel, d'une haute précision...

11

La brume recouvrait la Serpentine, mais le ciel dégagé était brillant d'étoiles.

Melinda frissonna de froid, ou de frayeur peut-être, et sa main trembla sur le pistolet caché dans les plis de sa cape de satin. Elle s'était dissimulée derrière les buissons qui bordaient une petite clairière invisible de la route, dans l'obscurité complète qui régnait. A présent, le ciel pâlissait et la lumière matinale effaçait celle des étoiles. Aussi Melinda se blottit mieux encore dans le massif fleuri qui embaumait l'air.

Elle avait sans peine trouvé l'endroit que lord Wrotham avait désigné la veille. A quelque distance de Chard, Melinda avait fait arrêter la voiture, et le cocher, étonné, s'était approché de la portière, avec une expression qui disait clairement son mécontentement. Il n'appréciait pas qu'on interrompît ainsi un voyage, et qu'on lui fît quitter son siège.

– Comment vous appelez-vous?

– Travers, madame.

C'était un homme d'âge moyen, qui devait être au service des Chard depuis longtemps. On devait pouvoir lui faire confiance et trouver en lui plus d'indépendance d'esprit que chez un jeune serviteur.

– Travers, j'ai besoin de votre aide.

– A votre service, madame, répondit-il, sur ses gardes.

– Votre maître est en danger, Travers. Moi seule suis en mesure de l'aider.

– Vraiment, madame! fit l'homme, incrédule.

Comment venir à bout de sa défiance silencieuse?

– Voilà la situation, Travers. Sa Seigneurie a été provoquée en duel par lord Wrotham.

Cette fois, il sursauta :

– Mauvaise nouvelle, madame. Si j'en crois ce qu'on dit, Sa Seigneurie aura là un adversaire dangereux!

– Avez-vous entendu parler de lui?

– Oui, madame. Le domaine de lord Wrotham n'est pas loin du nôtre, et je connais son cocher. On a beaucoup parlé dernièrement de ses autres duels qu'il gagne toujours.

– Je le sais, et c'est pourquoi j'ai besoin de vous, Travers.

– Mais que puis-je faire, madame?

– Trouver l'endroit où ces gentlemen se battront. Je sais qu'ils doivent se rencontrer à l'aube, près de la Serpentine, mais il me sera difficile de découvrir le lieu précis de la rencontre.

– Et que ferez-vous, madame, si je découvre l'endroit? Si vous voulez bien me pardonner cette question...

– J'ai un plan pour sauver Sa Seigneurie... (Elle comprit qu'elle n'avait pas tout à fait convaincu le cocher. Alors elle ajouta :) Dites-moi, Travers, croyez-vous que Sa Seigneurie ait toutes ses chances devant lord Wrotham?

Travers hésita avant de répondre amèrement :

– J'ai entendu dire, madame, que lord Wrotham gagnait toujours.

– Par des moyens loyaux, ou autrement! dit Melinda.

Au regard qui passa dans les yeux de Travers, elle devina qu'elle marquait des points.

– En effet, madame, c'est ce que l'on prétend, mais il ne m'appartient pas de médire d'un homme comme lord Wrotham.

– Non, évidemment! Ce qui nous importe aujourd'hui, c'est de sauver la vie de Sa Seigneurie.

– Oui, madame...

– Alors, écoutez-moi, Travers. Je dois arriver au lieu du rendez-vous une vingtaine de minutes avant l'aube. Pourrions-nous faire une halte en route, pas trop loin de Londres, au cas où un incident nous retarderait au dernier moment?

– On ne risque aucun incident avec mes chevaux et ma voiture, madame! répliqua Travers avec quelque irritation.

– Enfin, pouvez-vous faire en sorte de me conduire à temps? Je puis vous affirmer que vous rendrez ainsi un très grand service à Sa Seigneurie.

– Je vous obéirai, madame. Mais que dira Sa Seigneurie, après? bougonna Travers en touchant du doigt le bord de son chapeau haut de forme.

Il monta sur son siège, reprit les rênes au valet de pied et fit partir ses chevaux.

Melinda, soulagée, se laissa aller contre les coussins de la voiture. Elle avait eu si peur de ne pas trouver l'endroit de la rencontre! Bien sûr, les domestiques, qui savent tout, devaient tous connaître ce lieu, mais elle avait préféré s'adresser à un cocher de Chard, où l'on ignorait son prétendu mariage. Cependant, Travers aurait pu juger qu'une femme, une étrangère, n'avait pas à se mêler d'une affaire aussi essentiellement masculine.

A présent, Melinda attendait, cachée dans les buissons et accablée par le sentiment de son impuissance : son plan lui avait semblé efficace, mais maintenant elle était envahie par le doute.

Sauverait-elle le marquis? Et, en cas de réussite, ne lui en voudrait-il pas de son intervention?

Elle fut parcourue d'un nouveau frisson qui lui glaça le corps. Pourtant la matinée était douce et sans le moindre souffle de vent.

Elle avait déjeuné dans l'auberge où Travers l'avait déposée. Le propriétaire, voyant la voiture aux armes de Chard, l'avait accueillie en hôte de marque. Mais elle avait eu grand-peine à faire honneur à son repas.

Enfin, Travers lui avait fait dire qu'il était temps de partir, et Melinda avait regagné la voiture, les pistolets chargés, armés, cachés sous sa cape. Brusquement, le doute l'avait assaillie : ne vaudrait-il pas mieux se faire conduire à Grosvenor Square et y attendre le marquis? Et s'il ne revenait pas?

Melinda s'était retrouvée près de la Serpentine.

– Je vais conduire la voiture là-bas, au coin, madame, avait déclaré Travers. Personne ne la verra et Fred gardera les chevaux. Ils sont fatigués et ne bougeront pas. Moi, je resterai à portée de votre voix. Ne vous inquiétez pas, personne ne me remarquera, moi non plus.

– Merci, Travers. Ce sera un réconfort de vous savoir là.

A présent, Melinda faisait le guet. Soudain, elle entendit des voix.

Quelqu'un venait! Elle reconnut bientôt le marquis et le capitaine Vestey, accompagnés d'un inconnu.

Le marquis était d'une élégance provocante. Il portait un costume gris pâle, avec un diamant piqué dans sa cravate, auquel s'accrochaient les premiers feux du soleil. Il semblait avoir mis tous ses soins à témoigner son dédain à lord Wrotham, en choisissant une tenue qui faisait de lui une cible facile.

– Nous y sommes, n'est-ce pas? demanda la voix du capitaine Vestey.

– Oui, répondit le marquis. La dernière fois que je suis venu ici, c'était comme second de Peregrine Cunningham.

– Drogo, ne prenez aucun risque avec Wrotham! C'est un homme dangereux, et je n'ai aucune confiance en lui!

– S'il se retourne avant le signal, n'hésitez pas à le dénoncer! rétorqua le marquis gaiement.

– Il sera bien temps si vous êtes mort! fit l'autre témoin. Anthony Merville, qui avait servi de second à John Coombe, n'a pas jugé utile de provoquer un scandale après la mort de Coombe. C'était seulement sa parole contre celle de Wrotham et de ses témoins. Qui l'aurait cru?

– Je ne vois pas comment il peut s'en tirer! dit Vestey d'une voix qui trahissait son extrême tension nerveuse.

– Anthony Merville m'a appris que Wrotham paie le médecin de la rencontre. Il affirme que la victime est morte d'une attaque cardiaque, on la porte en terre, et personne ne pose plus de question.

– Oh! assez, Freddie! Vous allez rendre Drogo nerveux!

– Vous m'avez questionné! protesta Freddie.

– Oui, c'est vrai... Je voudrais seulement mettre Drogo sur ses gardes.

– Si vous insinuez que je dois moi-même tirer avant le moment convenu, vous perdez votre temps! fit le marquis. Je me battrai loyalement et si

Wrotham me tue traîtreusement, eh bien! je reviendrai le hanter pour le reste de ses jours!

Melinda sentit les larmes lui monter aux yeux, en constatant le courage tranquille du jeune homme. Mais elle avait peur, plus que jamais, devant les appréhensions des amis du marquis.

Alors que les rayons du soleil dissipaient les dernières ombres de la nuit, lord Wrotham fit son apparition, plus sinistre et arrogant que jamais. Il était vêtu de noir de la tête aux pieds et sa large cravate sombre cachait la blancheur de sa chemise. Quand il vit le marquis, si lumineux, il eut un rictus d'amusement cynique.

– Bonjour, Chard. Bonjour, Gervais... Tiens, Freddie? Je ne m'attendais pas à vous voir.

– Sachez que je n'éprouvais aucune envie de vous rencontrer! répondit froidement le jeune homme.

– Vous connaissez mes témoins? demanda Wrotham, sans relever.

Le marquis et ses amis approuvèrent seulement d'un signe de tête.

– Où donc est le Dr Chambers? demanda Wrotham.

– Le voilà qui arrive, répondit l'un de ses témoins, en désignant un homme avec une serviette de médecin qui se hâtait à grand-peine.

« Je comprends pourquoi lord Wrotham l'emploie : il ne doit rien lui refuser. Quel aspect négligé! » songea Melinda en observant le nouveau venu qui avait l'air épuisé, sans doute par une nuit de débauche.

– Désolé, milord, désolé! J'ai été retenu par une consultation urgente, expliqua-t-il.

– Je connais vos consultations urgentes! dit Wrotham, méprisant. Ecartez-vous, vous sentez l'alcool! Chard, voulez-vous choisir votre arme?

Son second présenta une boîte contenant les pistolets.

– Dix pas, cela vous convient? demanda Wrotham.

– Oui, « dix » pas, répéta le marquis, en appuyant sur le chiffre.

– Nous comptons dix pas, puis nous nous retournons.

– Pas d'autre règle? s'enquit Vestey.

– C'est celle que j'ai toujours employée. Je pense que Chard l'accepte?

– Oui, dix pas, en se retournant à dix.

– Très bien. Je regrette, Chard, d'en arriver là, mais comme je vous l'ai dit, je suis dans mon droit...

– Je ne désire pas en discuter, répliqua le marquis, glacial. Si vous êtes prêt, Wrotham, je le suis aussi.

Les deux hommes s'arrêtèrent au centre de la clairière. Melinda retint son souffle; le marquis était à sa droite, Wrotham à sa gauche. Elle leva le pistolet entre les branches, certaine de n'être pas vue, et se répéta mentalement les instructions de tir de son père. Alors, sans faire bouger une feuille, elle affermit son bras. Les deux duellistes marchaient dos à dos et comptaient à haute voix.

– Un... Deux... Trois... Quatre... Cinq... Six... Sept... Huit... Neuf...

Melinda ne quittait pas lord Wrotham des yeux. Elle le vit se retourner avant d'avoir atteint le dixième pas, et braquer son pistolet sur le marquis.

D'instinct, sans réfléchir davantage, Melinda tira et, simultanément, le pistolet de lord Wrotham fit feu. Elle avait touché Wrotham qui s'écroula; mais, de l'autre côté de la clairière, le marquis trébuchait et s'effondrait à son tour.

Melinda lâcha son pistolet, bondit à travers les buissons, et courut jusqu'à l'endroit où Gervais se penchait déjà sur le marquis.

– Ah, l'animal! cria Freddie. Il a tiré à « neuf », vous l'avez vu, Gervais?

Le capitaine Vestey soulevait le marquis dont le visage était couvert de sang. Melinda poussa un cri d'effroi.

– Est-il mort? demanda-t-elle, d'une voix blanche.

– Grâce à Dieu! Il est seulement blessé. La balle a effleuré sa tempe. C'est un vrai miracle s'il n'a pas été tué!

– Regardez! s'exclama Freddie. Wrotham a été touché et pourtant, Drogo n'a pas eu le temps de tirer!

Melinda essuyait avec son mouchoir le sang qui coulait sur le visage du jeune homme.

– J'espère que ce maudit est mort! murmura-t-elle.

– Qu'a-t-il pu se passer? continuait Freddie, stupéfait. Je regardais Drogo, il n'a pas eu l'occasion de tirer!

– J'ai l'impression que c'est Melinda qui l'a blessé... pensa tout haut Vestey. Est-ce que je me trompe, Melinda?

– Non, vous ne vous trompez pas, mais cessons de nous préoccuper de cet individu méprisable. Etes-vous certain que le marquis n'est pas mort?

– Il est évanoui et il a reçu un choc, mais rien de pire. La balle a juste frôlé ses cheveux, grâce à Dieu!

– J'aurais dû tirer plus tôt, dit Melinda. J'ai trop hésité.

– Allez voir ce qu'a Wrotham, Freddie, demanda Vestey. Il nous faut trouver une voiture à présent, car Drogo est venu en phaéton, mais il ne peut repartir ainsi.

– Ma voiture est tout près d'ici. Appelons Travers : il m'a promis de se tenir à côté du terrain, proposa Melinda.

– Alors, dépêchons-nous. Freddie, venez m'aider à porter Drogo. Il n'est pas précisément léger.

– Etes-vous sûr... qu'il va bien? implora Melinda, terrifiée par la pâleur du jeune homme et le sang qui coulait toujours.

– Il est vivant et il guérira! affirma Vestey. J'ai vu trop d'hommes morts, sur un champ de bataille, pour ne pas savoir reconnaître la gravité d'une blessure. Soutenez-le un instant, je cours chercher Freddie, qui parle aux témoins de Wrotham. Il faut que Drogo soit examiné au plus tôt par un médecin convenable. Je ne voudrais même pas permettre au vieil ivrogne que Wrotham a amené avec lui de le toucher!

Vestey aida la jeune fille à passer ses bras autour des épaules du marquis et la tête du jeune homme s'appuya sur sa poitrine. Il pesait lourdement et pourtant, elle ne s'était jamais sentie si heureuse, car en cet instant, il était tout à elle, dans cette petite clairière embaumée par le parfum des fleurs et qu'enchantait le chant matinal des oiseaux.

On s'agitait autour du corps de lord Wrotham mais Melinda ne s'en inquiétait pas ni ne songeait que, peut-être, elle venait de tuer un homme. Le seul être qui comptait, c'était Drogo, dans ses bras, non plus coléreux ou cynique, mais aussi désarmé qu'un enfant malheureux.

– La voiture est là, cria Vestey, de retour avec le valet de pied qui avait escorté Melinda depuis Chard. Vous avez bien fait d'emmener Travers avec vous! C'est un homme précieux. Il a arrangé la voiture de telle sorte que Drogo pourra reposer sur les deux banquettes rapprochées. Nous le mettrons bientôt dans son lit.

Gervais, Freddie et le laquais emportèrent le marquis.

– Au fait! Vous n'avez pas tué Wrotham!

– Non? fit Melinda en se relevant.

– Si vous voulez mon avis, c'est bien dommage! intervint Freddie. Mais vous avez touché son bras droit. Ce médecin qu'il a amené prétend qu'il faudra l'amputer. Ainsi ce traître ne pourra plus jamais se battre en duel!

– J'en suis bien aise! dit Melinda. Il déshonorait ces rencontres.

– C'est vrai! renchérit Vestey. Melinda, je vois là-bas le pistolet que vous avez emprunté aux armes de Chard; il vaut beaucoup mieux que vous l'emportiez.

– Que pourrait donc faire ce chien de Wrotham, s'il survit? demanda Freddie.

– Rien, à mon avis! Mais, avec un individu de cette espèce, mieux vaut prendre ses précautions.

Ils passèrent devant le corps de lord Wrotham, autour duquel s'agitaient médecin et témoins, et ils déposèrent Drogo dans la voiture.

... Melinda s'était efforcée de croire Vestey quand il avait affirmé que le marquis vivrait. Cependant, elle ne fut pleinement rassurée que lorsque le chirurgien, l'un des plus éminents de Londres, lui déclara :

– Sa Seigneurie a subi une forte commotion. Il a eu de la chance! Un pouce plus bas, et la balle l'étendait raide mort.

– Va-t-il rester longtemps inconscient? demanda Melinda.

– Il peut reprendre ses esprits d'un moment à

l'autre, mais je ne crois pas qu'il retrouvera la mémoire avant demain. Désirez-vous que je vous envoie une garde?

– Non, merci. Je le soignerai moi-même.

– Aucune infirmière ne vaut pour un homme sa propre femme, n'est-ce pas? fit le chirurgien en souriant.

Melinda rougit, comprenant que les domestiques avaient dû l'appeler « milady » devant le chirurgien.

– Faut-il que je change ses pansements? demanda-t-elle.

– Non, pas jusqu'à demain; je repasserai alors. Evitez simplement que votre mari ne s'agite, et pas d'alcool, bien entendu; surtout personne autour de lui pour l'accabler de questions stupides! Donnez-lui une chance de se souvenir. Répondez à ses questions s'il désire se souvenir de ce qui s'est passé.

– Je comprends. Merci.

– J'ai été très heureux de faire votre connaissance, lady Chard. J'ai bien connu le père de votre mari : un homme magnifique et un grand sportsman.

Melinda accompagna le médecin jusque sur le palier.

– Je voudrais vous demander quelque chose encore, murmura-t-elle. Ne parlez pas de ma présence ici car notre mariage est secret. Vous vous souvenez sans doute que la marquise douairière n'est plus de ce monde que depuis quelques jours.

– Oh! Bien sûr, je me rappelle, à présent! Vous pouvez compter sur ma discrétion, lady Chard et, lorsqu'on annoncera votre mariage, j'espère être le premier à vous offrir tous mes vœux de bonheur.

Melinda regagna la chambre du marquis où l'on

avait abaissé les stores. La pièce baignait dans une pénombre tranquille et le marquis, la tête bandée, reposait contre ses oreillers. Melinda s'installa dans un fauteuil et commença sa garde, quand on gratta à la porte :

– Le capitaine Vestey désire vous parler, milady, dit un valet de pied.

– Demandez-lui de monter. Je ne veux pas quitter Sa Seigneurie.

– Bien, milady.

Gervais Vestey entrouvrit la porte et elle alla le rejoindre sur le palier.

– Pourquoi ne pas avoir fait venir une infirmière? demanda-t-il.

– Je souhaite m'occuper de lui moi-même, et le chirurgien m'a donné son accord.

– Etes-vous sûre de savoir ce qu'il faut faire?

– Oui, absolument...

Vestey observa un instant la jeune femme livide, décoiffée, dont la robe portait des traces de sang, là où le marquis avait appuyé sa tête blessée.

– Vous avez passé des moments difficiles! Allez vous changer. Je resterai auprès de Drogo, si vous ne faites confiance à personne d'autre.

Melinda comprit qu'il désirait la soulager quelque peu, et elle sourit.

– Merci!

– Il faut aussi que vous mangiez. Il y a un petit salon, à côté de cette chambre. Je vais vous faire monter un plateau. Vous serez meilleure infirmière, encore, après avoir mangé!

– Vous pensez à tout!

– A une chose, au moins : apporter des vêtements de rechange! Je parie que vous n'y aviez même pas songé!

– C'est vrai. Je les ai laissés à Chard.

– J'ai envoyé chercher vos bagages, en pensant

que vous voudriez soigner Drogo. Qui le ferait d'ailleurs mieux que vous? (Melinda rougit sans répondre.) Vous l'aimez, n'est-ce pas? reprit doucement Vestey.

– Comment l'avez-vous deviné? murmura-t-elle, craintive.

– Vous avez couru vers lui, et j'ai vu l'expression de votre visage, quand vous l'avez cru mort. Vous n'êtes pas une très bonne actrice, Melinda.

– Je croyais l'être! répliqua-t-elle, en s'efforçant de plaisanter.

– Ma pauvre enfant! Je voudrais tant vous éviter des souffrances! Ne l'aimez pas trop, je vous en supplie! Ce mariage n'est qu'un prétexte. Dès que le délai de six mois sera passé, vous n'aurez plus qu'à partir!

Melinda s'appuya à la rampe de l'escalier qui dominait le hall vide et s'imagina, descendant ces marches, gagnant la grande porte, quittant à jamais cette maison, où elle laisserait les heures les plus heureuses de sa vie.

Gervais ne pouvait détacher son regard du ravissant profil de la jeune fille, et il eut un lourd soupir.

– Je ne veux pas que vous souffriez! Vous valez tellement mieux que cela!

– Merci... Mais je suis si heureuse, plus que je ne l'ai jamais été! Heureuse, oui, après une année d'humiliation et de désespoir...

– Que ferez-vous quand il n'aura plus besoin de vous?

– Je n'en sais rien... Ne parlons pas de ça!

– J'espérais que toute cette histoire ne signifierait rien de particulier pour vous... Et pourtant, dès que je vous ai vue, j'ai su quelle personne délicate et sensible vous étiez. J'étais certain que vos sentiments ne ressemblaient en rien à ceux des personnes parmi lesquelles vous aviez choisi de vivre.

Melinda le regarda sans comprendre, seulement préoccupée du marquis : il n'était plus le jeune homme puissant, arrogant, coléreux, mais un être seul au monde, perdu dans sa souffrance.

– Il faut que je retourne à son chevet! fit-elle brusquement sans remarquer que le capitaine Vestey lui tendait la main pour lui dire des paroles qui moururent sur ses lèvres. Allez près de lui! reprit-elle. Vous avez raison, je vais me changer et, peut-être, prendre quelque nourriture.

Melinda s'éloigna rapidement vers la chambre qu'elle avait occupée quelques jours auparavant. Gervais la suivit des yeux, touché par sa grâce printanière. Il entra dans la chambre du blessé et murmura :

– Elle est beaucoup trop bien pour vous, Drogo!

Il venait de dompter ses sentiments; alors, il s'installa dans le fauteuil, pour veiller son ami.

12

Le valet traversa la rue et ouvrit la grille du jardin privé de Grosvenor Square, avec une clé réservée aux seuls propriétaires riverains.

Melinda le remercia et tendit la main vers la clé, mais le jeune garçon lui dit :

– Je vais vous attendre, milady.

Melinda lui sourit et pénétra dans le jardin, où le soleil de l'après-midi, déjà bas à l'horizon, jouait avec l'eau jaillissante d'une petite fontaine. Tout alentour, une profusion de fleurs et d'arbustes variés embaumaient l'air de l'enclos désert, et Melinda put flâner à son aise autour de la pelouse bien soignée. Le parfum des fleurs lui rappelait Chard et elle éprouva un vif désir de s'y retrouver. Quand le marquis irait mieux, peut-être y retourneraient-ils et alors, à nouveau seuls ensemble...

Melinda n'avait pas quitté Drogo un instant depuis le duel. Il avait fallu un ordre des médecins pour la décider à sortir, afin de respirer un peu d'air frais.

Ces heures épuisantes au chevet du blessé avaient été pour elle les plus heureuses depuis longtemps. Le marquis n'était plus l'homme autoritaire et exigeant qui lui lançait au visage des accusations qu'elle ne comprenait pas. Faible et malheureux dans son lit, elle pouvait enfin l'aider.

Melinda l'avait veillé durant les longues heures de la nuit, sommeillant parfois mais, le plus souvent, elle contemplait le visage du marquis endormi, très pâle et si beau à la lueur dansante des bougies posées à son chevet.

Naguère, Melinda s'était demandé ce qu'était l'amour, et en avait rêvé comme toutes les jeunes filles. Elle ne s'attendait pas à ce sentiment consumant, douloureux, qui l'inondait de douceur.

C'était l'amour qui la faisait trembler lorsqu'elle frôlait le jeune homme, en redressant ses oreillers ou en tirant sa couverture. Mais son sentiment était sans espoir et elle savait qu'elle se retrouverait seule, le cœur brisé par la force triomphante de son amour.

Ces moments heureux allaient prendre fin, bientôt... Déjà ce matin le marquis avait exigé de se lever pour prendre un bain et se faire raser. Il voulait recevoir les médecins debout.

Comme Melinda tentait de l'en dissuader, il avait protesté :

– Cessez de me dorloter! Il me semble que j'ai quelque chose d'important à faire mais je ne sais plus ce que c'est... Ma tête est brumeuse, mes souvenirs vagues... Cela ne me vaut rien de rester couché! Tout me reviendra, si je reprends une vie normale.

– Vous avez reçu un choc, expliqua doucement Melinda.

– Comment? Thunderbolt m'aurait-il jeté à terre? Non, c'était vous qui le montiez... Oh! cela me revient! Le duel, bien sûr!

Il s'assombrit et Melinda dit très vite :

– N'en parlez plus! Le médecin va venir et si vous vous agitez, il vous donnera un sédatif.

– Pas question! Je ne suis pas disposé à avaler encore des calmants ou autre poison! protesta-t-il avec autorité.

Melinda comprit que toute discussion était inutile. Il sonna son valet de chambre, et elle quitta la chambre, triste de constater que jamais plus il ne dépendrait d'elle.

Comme elle descendait l'escalier, elle entendit un laquais, à la porte d'entrée, qui disait à un domestique en livrée :

– Vous pourrez dire à Sa Seigneurie que lord Chard va mieux ce matin, mais qu'il ne reçoit encore aucun visiteur.

– Je le lui dirai. Milady m'a chargé de remettre cette lettre pour Sa Seigneurie, fit le laquais en tendant une enveloppe. Je passe mon temps à porter des billets doux! Si vous voulez mon avis, je suis devenu un vrai messager de Cupidon!

Les deux hommes étouffèrent un rire avant de se séparer, puis le domestique, resplendissant dans sa livrée aux boutons dorés, traversa le hall d'un pas tranquille, portant la lettre sur un plateau d'argent.

Melinda aurait pu sourire de leur espièglerie, mais elle ne s'en sentait pas le cœur. « Qui, sinon lady Alice, peut ainsi envoyer des « billets doux » au marquis? » songea-t-elle, submergée par une vague de jalousie.

A présent, dans le jardin paisible, Melinda se rendait compte que sa situation était sans espoir. Pourtant, pendant six mois, personne, pas même lady Alice, ne pourrait parvenir à lui prendre le marquis!

Brusquement, elle ne supporta plus d'être loin de la maison et elle sortit du jardin dont le valet ferma la grille derrière elle. Diverses voitures passaient dans la rue, et Melinda en examina les chevaux avec intérêt.

– Vous pouvez traverser, milady! annonça le domestique respectueusement, et Melinda vit alors que la voie était libre.

Quand elle entra dans le hall, elle eut la sensation de rentrer chez elle après une longue absence. La pendule sonna 6 heures. « Le médecin doit être parti. A-t-on songé à servir le thé au marquis? »

Elle gagnait l'escalier quand le maître d'hôtel vint vers elle :

– Sa Seigneurie me charge de vous dire, milady, qu'il se trouve dans la bibliothèque.

– Comment! Il est descendu!

– Oui, milady! Le médecin l'a trouvé bien. Il a même bien voulu me confier qu'il était très satisfait des progrès de la santé de Sa Seigneurie.

Melinda parvint à garder son calme et traversa le hall. En entrant dans la bibliothèque, la pièce lui sembla vide, puis elle vit le marquis, assis devant la cheminée, à demi caché par un paravent. Sans se contrôler davantage, Melinda courut à lui.

– Vous allez mieux! Comme j'en suis heureuse!

Drogo lui prit les mains et la dévisagea en souriant.

– On m'a appris avec quel dévouement vous m'aviez soigné!

– Ce n'était pas difficile! murmura-t-elle, frissonnant au contact de sa main. Vous étiez un très bon malade.

– Sir Henry m'a parlé de ma blessure. Je ne parviens pas à me rappeler ce qui est arrivé.

– Nous verrons cela plus tard! reprit-elle à voix basse, incapable d'envisager une discussion sur le rôle qu'elle avait joué dans le duel.

– Gervais me racontera tout! M'a-t-il rendu visite?

– Bien sûr! Il vient trois ou quatre fois par jour! Mais sir Henry défendait aux visiteurs de vous approcher.

– Sauf vous!

– Je... Je crois qu'on ne me considérait pas comme une visiteuse, dit Melinda timidement.

– C'est vrai! Sir Henry m'a complimenté sur les bons soins que m'a prodigués, ma femme. Où avez-vous acquis ce talent, qui s'ajoute à tant d'autres?

– J'ai soigné mon père quand il s'est cassé la jambe à la chasse, et ma mère était souvent malade. Je ne voulais pas vous laisser aux soins d'une infirmière autoritaire, qui m'aurait éloignée de vous.

– Je suis très touché par votre sollicitude...

Melinda, craintive, jeta un rapide regard au marquis et vit qu'il ne plaisantait pas.

– Vous avez dû vous ennuyer, au chevet d'un homme inconscient?

– Non, pas du tout! J'avais envie d'être près de vous.

Melinda avait parlé sans réfléchir mais, aussitôt, elle s'empourpra d'avoir laissé percer ses sentiments secrets.

– Pourquoi désiriez-vous être près de moi? demanda le marquis sur un ton qui exigeait réponse.

Très embarrassée, Melinda se détourna. Pour se donner une contenance, elle ôta le bonnet qu'elle portait pour sortir et les derniers rayons du soleil jetèrent de l'or dans sa chevelure.

– Je me demandais si on vous avait servi le thé. Y a-t-on pensé? demanda-t-elle avec nervosité.

– J'ai tout ce qu'il me faut. Répondez à ma question.

– Oh!... Je ne me souviens plus... fit-elle à bout de souffle.

– Venez ici, Melinda... pria Drogo en tendant la main.

Mais la porte s'ouvrit et la voix du maître d'hôtel annonça :

– Sir Hector Stanyon désire vous voir, madame...

Paralysée par la stupeur, Melinda resta plantée là, tandis que, toujours aussi corpulent et congestionné, sir Hector pénétrait dans le salon. Elle le regarda s'avancer avec épouvante.

– Ainsi, dit-il d'une voix furieuse, voilà votre refuge! Je n'en croyais pas mes yeux en vous voyant traverser la rue devant ma voiture, tout à l'heure!

– Oncle Hector! balbutia-t-elle.

– Oui, votre oncle et tuteur, et qui exige une explication!

– Je... Je... commença Melinda, mais elle fut interrompue par le terrible rugissement que venait de pousser sir Hector.

– Taisez-vous plutôt, tout est clair. Vous avez fui ma maison, mais vous allez me suivre et y revenir immédiatement. Vous vous expliquerez plus tard, mais laissez-moi vous dire, miss, que cette fugue sera la dernière! Vous allez recevoir la plus belle correction de votre vie, avant d'épouser mon ami, le colonel Gillingham, comme je l'ai décidé. Heureusement, il ignore votre escapade que votre tante a réussi à dissimuler. Mais ne vous inquiétez pas, vous serez punie comme jamais, sale petite coureuse!

– Je vous en prie... Oncle Hector... Je ne peux pas... supplia Melinda sans honte.

– Ne discutez pas avec moi! Allez préparer vos affaires. J'ignore ce que vous faites ici, mais si une explication est nécessaire, c'est moi qui la fournirai. Obéissez! Tout de suite! Sinon, je vais vous donner, ici même, un avant-goût de ce qui vous attend à la maison!

Sir Hector marcha sur elle en levant la main, et Melinda recula avec un petit cri, reprise par toutes ses frayeurs passées. Elle avait si bien oublié le marquis qu'elle fut aussi stupéfaite que sir Hector lui-même en entendant une voix ferme, derrière elle, qui lançait :

– Je ne peux pas vous permettre, sir, de frapper une dame en ma présence.

Le marquis s'était levé et se tenait maintenant près de Melinda dont la peur s'évanouit aussitôt.

– Puis-je savoir qui vous êtes? demanda sir Hector.

– Mon nom est Chard. Le marquis de Chard.

– Chard! Mais que fait ma nièce dans cette maison? s'exclama sir Hector, interloqué. (Puis il reprit, agressif :) C'est peut-être une question indiscrète? Je n'attendais rien de bon de cette fille qui m'a toujours posé des problèmes, mais je ne pensais pas qu'elle deviendrait aussi vite une simple catin!

– Votre nièce, si tel est le lien de parenté entre vous, et je le regrette pour elle, m'a fait l'honneur de m'épouser et je vous prie de l'en excuser, répondit le marquis, glacial.

– Mariée! gémit sir Hector. (Puis sa rage s'évanouit, sous l'emprise du snobisme :) Je l'ignorais! Le marquis de Chard, vraiment! Eh bien! Je vous présente mes félicitations à tous deux.

– Nous n'en avons nul besoin. Votre comportement depuis que vous êtes entré chez moi me donne à croire que nous pouvons nous passer de votre compagnie. Bonsoir, sir! Les domestiques vont vous reconduire.

– Mais je pense... Je dois vous parler. Melinda est ma pupille!

– Vous ferez toutes vos communications à mes

hommes de loi, répliqua le marquis, qui lui tourna le dos pour s'appuyer à la cheminée.

Sir Hector hésita un instant, fort irrésolu, à présent que sa colère était tombée. Enfin, il poussa une sorte de grondement, et sortit en faisant claquer la porte derrière lui.

Melinda écouta le bruit de ses pas décroître dans le hall. Une fois assurée qu'il avait quitté la maison, elle se tourna vers le marquis, toujours prostré et, soudain, elle s'affola :

– Je suis désolée... fit-elle très bas.

Alors, Drogo lui fit face, et son expression était telle que Melinda recula.

– Pourquoi ne m'avez-vous rien dit? s'écria-t-il d'une voix cinglante.

Comme elle restait muette de stupeur, il reprit, du ton sarcastique de ses pires accès d'humeur :

– J'ai l'honneur de vous demander votre main! Voilà ce que vous espériez, n'est-ce pas, durant tout ce temps! C'est ce qui explique vos petites comédies, vos airs puérils et innocents! Vous vouliez me prendre au piège! Oh! C'est très joliment fait! Vous avez presque réussi à me persuader que vous étiez aussi pure et désintéressée que vous le paraissez! Et maintenant, me voilà obligé de vous épouser! Oh! Pas pour vous tirer d'affaire! N'allez pas vous imaginer que j'estime vous avoir compromise! Non, je dois le faire pour moi-même, car votre oncle va bavarder, bien entendu! « Ma nièce, la marquise de Chard! » Il m'est impossible de le contredire, et vous le savez. Très bien, marions-nous! La charmante épouse que voilà. Une femme qui se compromet avec tous les hommes qu'elle rencontre! Hartington, et ce Wrotham! L'être le plus méprisable que je connaisse, et qui se vante d'être l'amant de ma femme! Croyez-vous que j'oublierai jamais cet affront?... Wrotham! Un débauché dont même les filles des rues ont peur! (Le souffle lui manqua, la colère l'étouffait et Melinda le contemplait, livide, ses yeux bleus dilatés par la douleur.) Quand je vous regarde, reprit-il, je n'arrive pas à croire que vous êtes vraiment tombée aussi bas. Vous êtes une femme dangereuse! Un si beau piège, qui attire et prend les hommes dans ses filets. On devrait vous détruire! Seulement, moi, je suis obligé de vous épouser. Je me suis montré assez naïf pour tomber dans le piège le plus subtil qu'une femme totalement pervertie ait tendu à un homme... Très bien, vous porterez mon nom! Mais sachez que je vous haïrai toujours! Je voudrais que Thunderbolt vous ait cassé le cou! Je pourrais ainsi me réjouir de votre mort, le monde serait débarrassé de vous! Vous avez été l'objet de ma torture et, à présent, celui de ma destruction. Partez! Allez! Sortez! Je ne peux plus supporter de vous voir!

Avec un faible cri, venu du plus profond d'elle-même, Melinda se détourna et s'enfuit hors du salon. Drogo l'entendit qui s'élançait dans les escaliers. Alors, il regagna son fauteuil et enfouit son visage dans ses mains.

Quelque temps plus tard, un valet entra, portant les lampes allumées. Le marquis demeura immobile jusqu'à ce que le maître d'hôtel annonce :

– Le capitaine Vestey, milord!

– Drogo! Quel bonheur de vous trouver debout! s'exclama Vestey, tout joyeux. Vous semblez aussi bien que possible! (Il posa une main amicale sur l'épaule de son ami, s'assit en face de lui et continua :) Même quand je vous ai vu étendu sur l'herbe de cette maudite clairière, j'ai compris que la blessure était superficielle. Melinda s'imaginait que vous étiez mort!

– Melinda! Qu'a Melinda à voir ici?

– Comment, vous ne savez pas? Melinda vous a

sauvé la vie. Elle n'a pas dû oser vous l'apprendre, mais elle a blessé Wrotham au bras juste quand il se retournait, au neuvième pas... Quel homme méprisable! Jamais je n'aurais cru qu'il pourrait commettre pareille traîtrise!

– Melinda... l'a blessé... au bras!

– Ma foi, oui, et c'était joliment bien visé! Cette fille est un véritable sportsman, pas de doute! Malheureusement, elle a tiré une seconde trop tard et quand Wrotham a tiré, vous vous retourniez à peine!

– Voulez-vous dire que, sans Melinda, Wrotham m'aurait tué?

– Certes! C'est un véritable assassin! A présent, nous savons comment il a abattu ses autres adversaires!

– Melinda ne l'a pas tué?

– Non! Cela aurait peut-être mieux valu! Mais cette mort aurait pu être gênante, aussi! Elle l'a blessé au bras droit, et j'ai entendu dire qu'on l'avait amputé. En tout cas, Freddie et moi, nous allons veiller à ce qu'il ne se montre plus nulle part! (Comme le marquis gardait le silence, Vestey reprit :) Je n'ai jamais vu une jeune fille possédant un tel courage, un tel sang-froid! Après notre départ de Chard, elle est partie à son tour avec ce bon vieux Travers. Elle a dressé ses plans et s'est cachée dans les buissons, et j'ai été bien heureux de trouver Travers plus tard, avec la voiture. Vous n'étiez pas en état de voyager dans le phaéton. Melinda a agi d'une façon magnifique et, vous savez, Drogo... elle vous aime!

– C'est ridicule! dit âprement le marquis. Je n'en crois rien! Mais j'ignorais sa présence pendant le duel. Il faut que je lui en parle.

– Elle est probablement en train de se changer pour le dîner. Vous a-t-elle prévenu que je dînais avec vous? fit remarquer Vestey en regardant la pendule. Vous devriez vous remettre au lit dès la fin du repas. Il ne faut pas trop en faire le premier jour, Drogo.

– Sonnez! dit le marquis, sans avoir entendu.

– Sonner? Pourquoi?

– Je vous dis de sonner!

Vestey se levait quand la porte s'ouvrit sur le maître d'hôtel :

– Le dîner est servi, milord!

– Où est miss Stanyon? demanda le marquis.

– Miss Stanyon? Oh! Je crois que milady a quitté la maison, milord.

– Quitté la maison! Et comment?

– L'un des valets de pied m'a informé qu'elle était partie, fit le maître d'hôtel avec une impassibilité forcée. Je crois qu'elle a laissé une lettre pour Votre Seigneurie.

– Apportez-la! Pourquoi diable ne me l'a-t-on pas donnée plus tôt!

Le marquis se leva et il resta debout en silence, attendant la lettre qu'on lui apporta sur un plateau. Il l'ouvrit tandis que Vestey, incapable de contenir sa curiosité, demandait :

– Mais enfin, que se passe-t-il?

– Ecoutez cela, Gervais... (Il commença à lire tout haut :) « Milord, je regrette profondément les ennuis que je vous ai occasionnés. Dès le premier jour, j'ai su qu'il était mal de prendre part à une cérémonie de mariage qui n'était qu'une tromperie, mais j'avais besoin d'argent pour acheter un cottage où j'aurais vécu avec ma vieille nurse. Je n'avais pas pensé que s'ensuivraient de si terribles conséquences, ni que vous seriez obligé de vous battre en duel à cause de moi.

» Je peux vous assurer que je n'ai rien fait de ce dont vous m'avez accusée. En ce qui concerne lord

Hartington, il s'agissait d'une plaisanterie. Il m'avait demandé ma parole de ne jamais tomber amoureuse, et m'avait assuré qu'il essaierait de ne plus l'être. Voilà tout notre pacte. Quant à lord Wrotham, je l'ai rencontré une fois, le soir de mon arrivée à Londres. Mrs Harcourt, dont j'avais fait la connaissance à la gare du chemin de fer, m'avait offert de me loger pour la nuit. Comme nous entrions chez elle, elle m'a présentée à Sa Seigneurie et c'est la seule occasion, je vous l'affirme, où je l'ai vu...

» Le lendemain matin, je suis partie pour Grosvenor Square. Je n'ai jamais imaginé le moindre complot contre vous, et, dans mes rêves les plus fous, je n'ai jamais envisagé de vous épouser. Je n'ai pas le moindre désir de ruiner votre vie, ni de vous rendre malheureux.

» C'est pourquoi, milord, vous ne me reverrez plus. Le capitaine Vestey m'a confié que, si je mourais, vous toucheriez votre héritage sans difficulté. Tout va donc s'arranger pour vous.

» Je voudrais vous remercier pour les attentions que vous avez eues pour moi. J'ai été souvent très heureuse en votre compagnie et vous prie de bien vouloir me pardonner l'étrangeté de mon comportement.

Respectueusement à vous.

Melinda Stanyon. »

(La voix du marquis trembla sur les derniers mots.) Vous comprenez, Gervais? C'est clair! Elle est innocente. Vous devinez ce que signifie cette lettre! Ella Harcourt l'a enlevée à sa descente du train. On m'a souvent dit que cette femme agissait de la sorte, mais je ne voulais pas le croire.

– C'est pourtant vrai! April m'a raconté qu'elle se rendait toujours à l'arrivée des trains venant de la campagne, pour offrir à des jeunes filles seules de passer la nuit chez elle. Ensuite, elles ne peuvent plus lui échapper. April m'a affirmé qu'elle droguait ces filles, les premières nuits. Melinda n'a pas compris dans quel lieu elle se trouvait.

– C'est certain! Mais comment aurais-je pu m'en douter? Après tout, elle venait de chez Kate!

– N'a-t-elle pas essayé de nous dire qu'elle ignorait qui était Kate... soupira Vestey.

– Bien sûr! Vous êtes allé chez Kate le soir de son arrivée. Le lendemain elle l'a emmenée dans les magasins pour acheter des robes, et Melinda s'est présentée juste après à Grosvenor Square. (Il cacha son visage dans ses mains :) Oh! Mon Dieu! Quand je pense à ce que je lui ai dit! A la façon dont je l'ai traitée!

– Mais où est Melinda? demanda Vestey, anxieux.

– Elle a quitté la maison, c'est vrai! cria Drogo, brusquement alarmé. Où est-elle partie? Oh! Gervais! S'il s'agit de ce que je pense...

Il traversa le salon en courant et ouvrit la porte.

– Où est partie miss Stanyon? Quelqu'un le sait-il? cria-t-il au maître d'hôtel qui attendait dans le hall.

– Pas exactement, milord. En voyant Votre Seigneurie s'inquiéter de son absence, j'ai fait une enquête.

– Et alors? Vite, je vous prie!

– Miss Stanyon n'a dit à personne où elle allait. Elle a cependant demandé au portier comment se rendre au quai de l'Embankment.

Déjà le marquis courait vers la porte.

– Drogo! Attendez la voiture!

– Commandez-en une! Moi, je vais prendre la première qui se présentera!

Sans laisser le temps au laquais de le précéder,

Drogo se précipita dans la rue et héla le premier fiacre qui tournait au coin.

– Une guinée pour me conduire à l'Embankment aussi vite que possible! Une guinée, même deux, mais vite!

Le cocher, pensant qu'il avait affaire à un ivrogne, le laissa monter et fouetta son cheval.

– Plus vite! Plus vite! suppliait le jeune homme.

Le cheval fila à travers Berkeley Square, dévala Berkeley's Street et Saint James's Street, mais, en franchissant Parliament Square, il commença à se fatiguer. Enfin, ils abordèrent le quai de l'Embankment.

– Doucement maintenant!

Le cocher tira sur les rênes, et le cheval se mit au pas.

L'Embankment n'était que faiblement éclairé par quelques réverbères et on y voyait peu de piétons. Le marquis se mit à inspecter des yeux le parapet. Et, tout à coup, il la vit...

On ne pouvait se tromper à cette silhouette menue, légère, à cette chevelure dorée, recouverte, au moment de sa fuite, d'un châle qui maintenant glissait sur ses épaules.

– Arrêtez!

Le marquis sauta, lança sa bourse au cocher stupéfait. Il observa un instant Melinda qui regardait le ciel; puis elle se pencha vers l'eau noire, écumante au pied du parapet. Alors il s'approcha en silence et dit à mi-voix :

– Melinda!

La jeune fille sursauta, se retourna et, le reconnaissant, leva sa main fine, comme pour le repousser :

– Laissez-moi... Laissez-moi... C'est ici que les gens viennent pour... L'eau est si sombre!

– Melinda!

Drogo s'approcha encore et saisit sa main, qu'il serra avec une joie sauvage :

– C'est un épouvantable malentendu, Melinda! Je vous en supplie, pardonnez-moi! Je voudrais tant que vous me compreniez! J'étais devenu fou de jalousie. (Il l'attira dans ses bras, malgré sa résistance, et poursuivit :) Je vous ai aimée dès que je vous ai vue, Melinda... Je vous adore! Je suis fou de vous! J'aurais voulu pouvoir vous le dire dès le premier instant, mais il existait un obstacle, entre nous, qui m'en empêchait.

– Un obstacle! Lady Alice, n'est-ce pas? s'écria-t-elle en tentant de le repousser.

– Lady Alice? Bien sûr que non! Le jour où elle est venue me voir, vous vous souvenez, dans la bibliothèque, je lui ai dit que tout était fini entre nous. Je savais déjà que vous seule compteriez pour moi, désormais.

– Alors, chuchota Melinda, je ne comprends pas!

– Oui, à présent, je sais que vous ne pouvez pas comprendre, et pourquoi, le soir de la réception de Sebastian, vous avez paru si choquée, si malheureuse. Je me suis conduit comme un imbécile! J'aurais dû vous emmener tout de suite loin de cette maison odieuse. Je vous demande, en toute humilité, de me pardonner, Melinda.

– Bien sûr, je vous pardonne. Mais cela ne change rien. Laissez-moi partir! Il faut que je disparaisse. Oncle Hector parlera. Il est même capable de faire annoncer... notre mariage... dans les journaux.

– C'est moi qui le ferai annoncer! Melinda... S'il le faut, je me mettrai à genoux pour vous supplier de m'épouser. De ma vie entière, je n'ai eu plus cher désir, vous avoir pour femme. Si vous refusez, je ne pourrai plus être heureux.

Il resserra son étreinte et la sentit trembler entre

ses bras. Retrouvant un peu de son ancienne autorité, il l'obligea à le regarder et leva ses prunelles effrayées vers lui.

Alors la voix du jeune homme se fit plus tendre :

– Melinda, répondez-moi! Voulez-vous m'épouser?

– Pourquoi avez-vous changé d'avis? Pourquoi étiez-vous si fort en colère contre moi? Je n'arriverai donc pas à le comprendre! se désola Melinda.

– Et moi, j'espère que vous ne le saurez pas, Melinda. Promettez-moi que nous n'en parlerons jamais plus. Vous n'êtes pour rien dans ce malentendu, tout est ma faute. Je me suis conduit comme un idiot, et si mal, que je me demande comment vous pourriez encore me faire confiance.

– Mais j'ai confiance en vous! Si je suis partie, c'est que je voulais vous savoir heureux!

– Pourquoi?

– Parce que...

Elle cacha son visage contre l'épaule du jeune homme. Il sentit qu'un frisson la secouait, mais il devina que la crainte l'avait quittée.

– Dites-le-moi, Melinda! Il le faut! Je veux vous l'entendre dire...

– Parce que je vous aime... chuchota-t-elle.

Il la serra contre lui et se pencha pour prendre ses lèvres. Ils n'eurent plus besoin de mots en cet instant où ils partageaient la même extase, convaincus l'un et l'autre que personne avant eux n'avait connu pareille volupté.

Alors, ils entendirent la voix du capitaine Vestey comme surgissant d'une autre planète.

Ils relâchèrent à regret leur étreinte et, en tournant la tête, ils virent la voiture qui attendait.

– Vous l'avez trouvée, Drogo! Oh! Dieu merci,

Melinda! Drogo vous a retrouvée! leur jeta Vestey, haletant.

Le marquis enlaça les épaules de Melinda.

– Oui, Gervais, je l'ai trouvée! Et maintenant, soyez rassuré, je ne la laisserai plus partir!

J'AI LU 1732

Impression Brodard et Taupin
à La Flèche (Sarthe) le 3 décembre 1990
1797D-5 Dépôt légal décembre 1990
ISBN 2-277-21732-8
1er dépôt légal dans la collection : nov. 1984
Imprimé en France
Editions J'ai lu
27, rue Cassette, 75006 Paris
diffusion France et étranger : Flammarion